RILY.CO.UK

Ewch i'n gwefan i weld gwledd o lyfrau

DYDDIADUR
Dripsyn

SYNIAD DWL DAD

gan Jeff Kinney

addasiad Owain Siôn

Dyddiadur Dripsyn 3: Syniad Dwl Dad

ISBN - 978-1-84967-157-6

Cyhoeddwyd gan Rily Publications Ltd
Blwch SB 20
Hengoed, CF82 7YR

Addasiad Cymraeg gan Owain Siôn
Hawlfraint yr addasiad © Rily Publications Ltd, 2013

Cynllun llyfr gan Jeff Kinney
Cynllun clawr gan Chad W. Beckerman a Jeff Kinney

Argraffwyd a rhwymwyd ym Mhrydain
gan CPI Cox & Wyman Ltd, Reading, Berkshire, RG1 8EX

Dymuna'r cyhoeddwyr gydnabod cymorth Cyngor Llyfrau Cymru.

RILY
www.rily.co.uk

I TIM

MIS IONAWR

Dydd Calan

Mae'n siŵr dy fod ti wedi clywed am yr arfer o lunio rhestr o "addunedau" ar ddechra blwyddyn, addunedau ddylai dy wneud di'n well person.

Wel, mae gen i broblem. Dydy hi ddim yn hawdd i rywun fel fi – sy bron yn berffaith – feddwl am ffyrdd o wella'i hun.

Felly f'adduned blwyddyn newydd i am eleni ydy rhoi help llaw i bobl ERAILL wella'u hunain. Ond dydy pawb ddim yn gwerthfawrogi'r help dwi'n ei gynnig iddyn nhw.

Ond mae rhai o 'nheulu i'n cael trafferth mawr i gadw at eu haddunedau blwyddyn newydd NHW.

Mi ddeudodd Mam ei bod hi'n bwriadu mynd i'r gampfa heddiw – ond mae hi wedi treulio'r pnawn cyfa o flaen y teledu.

Mynd ar ddeiet oedd adduned Dad, ond ar ôl swper heno mi ddaliais i o yn y garej, yn sglaffio cacenna'n slei bach.

Mae hyd yn oed Mani, fy mrawd bach i, wedi torri ei adduned.

Bora 'ma mi gyhoeddodd o ei fod o'n "hogyn mawr" rŵan, ac yn mynd i roi'r gora i sugno dymi am byth. Yna mi daflodd ei hoff ddymi i'r bin.

Wel, whaeth yr adduned HONNO ddim para mwy na MUNUD.

Yr unig aelod o 'nheulu fi whaeth ddim trafferthu gwneud adduned oedd Rodric, fy mrawd mawr. Mae hynny'n biti oherwydd mi fasa'i restr o tua milltir a hanner o hyd.

Felly mi ddechreuais i feddwl am gynllun i helpu Rodric i fod yn berson gwell. Enw'r cynllun oedd "Tri Chynnig i Rodric". Y syniad oedd rhoi "X" ar siart bob tro y gwelwn i Rodric yn gwneud rhwbath o'i le.

Wel, roedd Rodric wedi cael tair croes cyn i mi hyd yn oed gael cyfle i feddwl am gosb addas am dorri'r rheola.

Beth bynnag, dwi'n dechra ama oes 'na bwynt i mi gario 'mlaen efo fadduned I. Mae'n golygu llawer o waith, a dydw i ddim wedi llwyddo i gael dylanwad ar neb hyd yn hyn.

Wedi'r cwbl, ar ôl i mi atgoffa Mam am y miliwnfed tro i gnoi ei chreision yn ddistawach, mi wnaeth hi bwynt digon teg. "Fedrith neb fod mor berffaith â CHDI, Greg," meddai. Ac mae hynny'n ddigon gwir, dwi'n meddwl.

<u>Dydd Iau</u>

Mae Dad wedi ailafael yn ei ddeiet, ond mae hynny'n newyddion drwg iawn i mi. Mae o wedi byw heb siocled am dri diwrnod, ac mae o'n bigog FEL DRAENOG.

Y diwrnod o'r blaen, ar ôl i Dad fy neffro a swnian arna i i godi i fynd i'r ysgol, mi es i 'nôl i gysgu. A choelia di fi, dyna'r tro dwytha y bydda i'n gwneud y camgymeriad YNA.

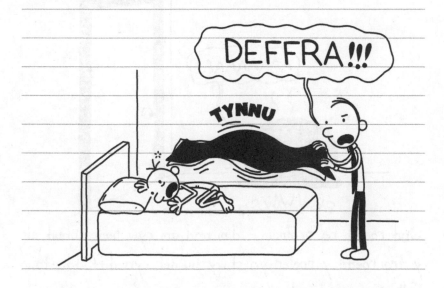

Rhan o'r broblem ydy bod Dad yn fy neffro i cyn i Mam ddod o'r gawod, felly dw i'n gwybod bod gen i ddeg munud arall cyn bod rhaid i mi godi go iawn.

Ddoe, mi ges i syniad sut i gael mwy o gwsg heb wylltio Dad. Ar ôl iddo fo fy neffro, mi gariais i'r dŵfe a gorwedd y tu allan i'r stafell molchi i aros fy nhro i gael cawod.

Yna mi orweddais i ger y fent gwres yn y llawr. A phan oedd y boeler gwres canolog yn chwythu aer cynnes, roedd y profiad hyd yn oed yn WELL na bod yn y gwely.

Ond roedd 'na broblem – dim ond am ryw bum munud ar y tro roedd y boeler yn chwythu aer cyn diffodd eto. Felly pan oedd y boeler yn segur, ro'n i'n gorwedd nesa at ddarn o fetel oer.

Bore heddiw, pan o'n i'n aros i Mam ddod o'r gawod, mi gofiais ei bod hi wedi cael gŵn molchi newydd yn bresant Dolig. Felly mi es i i'w chwpwrdd dillad hi i'w nôl o.

A dyna un o'r petha gora i mi ei wneud erioed, creda di fi! Roedd o fel lapio tywel mawr fflyfflyd newydd-ddod-allan-o'r-sychwr-dillad amdana i.

A deud y gwir, ro'n i'n ei lecio fo gymaint nes i mi ei wisgo AR ÔL cael cawod hefyd. Dwi'n meddwl bod Dad yn genfigennus mai FI gafodd y syniad o wisgo'r gŵn molchi ac nid FO, achos pan ddois i at fwrdd y gegin roedd o'n fwy pigog nag arfer.

BORA DA!

Mae'n amlwg bod y genod wedi'i dallt hi efo'r holl fusnes gŵn molchi 'ma. Sgwn i be ARALL sy 'na i'w ddysgu ganddyn nhw?

Bechod na ofynnais i am ŵn molchi'n bresant Dolig, achos dwi'n siŵr y bydd Mam isio'i gŵn hi yn ôl.

Mi ges i gam eto'r Dolig 'ma. Ro'n i'n gwybod mai diwrnod siomedig oedd o 'mlaen i pan ddois i lawr y grisia yn y bora a'r unig bresanta oedd yn fy hosan oedd bar o sebon a "dyddiadur teithio".

Unwaith rwyt ti yn yr ysgol uwchradd, mae oedolion yn meddwl dy fod ti'n rhy hen i gael tegana neu bresant diddorol.

Ond maen nhw'n disgwyl i ti wirioni 'run fath yn union pan fyddi di'n agor y presanta diflas maen nhw'n eu prynu i ti.

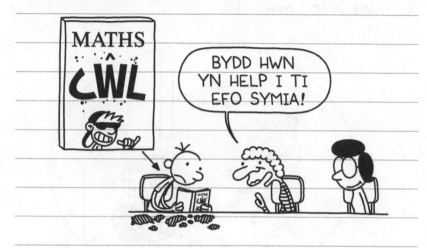

Llyfra a dillad oedd fy mhresanta i bron i gyd eleni. Y peth agosa ges i at degan oedd presant Yncl Charlie.

Pan agorais i hwnnw, doedd gen i ddim syniad be oedd o – cylch mawr plastig efo rhwyd yn sownd iddo fo.

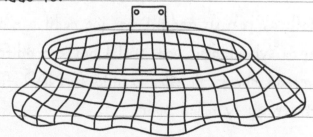

Eglurodd Yncl Charlie mai "Rhwyd Dillad Budr" oedd hi, ar gyfer fy stafell wely. Rydw i i fod i'w hongian ar gefn y drws a chael "hwyl" wrth daflu fy nillad budr i mewn iddi.

I ddechra, ro'n i'n meddwl mai jôc oedd o – ond wedyn mi sylweddolais bod Yncl Charlie o ddifri. Felly roedd rhaid i fi esbonio iddo fo NAD fi sy'n rhoi trefn ar fy nillad budr.

Mi ddudis i wrtho fo 'mod i'n taflu fy nillad budr i gyd ar lawr, a bod Mam yn eu codi a'u rhoi nhw yn y peiriant golchi.

Yna, ar ôl chydig ddyddia, maen nhw i gyd yn dod 'nôl mewn pentwr glân, taclus.

Mi ddudis i wrth Yncl Charlie y dylai fynd â'r Rhwyd Dillad Budr yn ôl i'r siop a rhoi pres i mi brynu rhywbeth defnyddiol.

Dyna pryd yr agorodd Mam ei cheg a deud wrth Yncl Charlie bod y Rhwyd Dillad Budr yn syniad GWYCH.

Yna mi ddudodd bod rhaid i mi ddidoli fy nillad
FY HUN o hyn ymlaen. Felly, mae Yncl Charlie
wedi llwyddo i roi gwaith tŷ i mi yn bresant Dolig.

Presanta gwael iawn ges i'r Dolig 'ma, a dydy hynny
ddim yn deg. Mi es i i lot o drafferth i fod yn
gleniach nag arfer efo pobl dros y misoedd dwytha,
ac ro'n i'n gobeithio y basa hynny'n talu ar ei ganfed
adeg Dolig.

Gan 'mod i'n gyfrifol am fy nillad fy hun rŵan, dwi'n
eitha BALCH yn ddistaw bach 'mod i wedi cael dillad
yn bresanta. Efo lwc, falla bydd gen i ddigon o
ddillad glân i bara tan ddiwedd y flwyddyn ysgol.

<u>Dydd Llun</u>

Pan gyrhaeddais i a Roli yr arhosfan bws heddiw, mi gawson ni syrpréis bach digon cas. Roedd 'na arwydd yn deud bod trefniadau'r bws ysgol wedi newid. Ac mae hynny'n golygu bod yn rhaid i ni GERDDED i'r ysgol rŵan.

Wel, mi hoffwn i gael gair efo'r athrylith gafodd y syniad YNA, achos mae 'na daith o chwarter milltir o'n stryd ni i'r ysgol.

Roedd yn rhaid i mi a Roli redeg er mwyn cyrraedd yr ysgol mewn pryd heddiw. A be wylltiodd fi'n GACWN oedd gweld ein bws arferol ni'n mynd heibio yn cario plant Stryd y Dröell, y stryd nesa at ein stryd ni.

13

Wrth i'r bws fynd heibio, roedd plant Stryd y
Dröell yn gwneud sŵn fel mwncïod. Roedd hynny'n
mynd dan fy nghroen i, achos dyna be oeddan
NI'n arfer ei wneud iddyn NHW cyn y gwyliau.

Syniad gwallgo ydy gorfodi plant i gerdded i'r ysgol.
Mae'r athrawon yn rhoi cymaint o waith cartra i ni
nes bod ein bagia ni'n pwyso tunnell efo'r holl stwff
mae'n rhaid i ni ei gario.

Ac os wyt ti isio gweld pa effaith mae hyn yn ei
gael ar blant dros gyfnod o amser, y cwbl sy raid
i ti ei wneud ydy edrych ar Rodric a'i ffrindiau.

14

A sôn am rai yn eu harddega, mae Dad wedi ennill brwydr fawr heddiw. Leni Heath ydy'r hogyn gwaetha yn ein hardal ni, a fo ydy gelyn pennaf Dad. Dwi'n siŵr bod Dad wedi galw'r heddlu tua hanner cant o weithia i gwyno amdano fo.

Rhaid bod rhieni Leni wedi cael llond bol arno fo, achos maen nhw wedi'i yrru fo i ysgol filwrol.

Mi fasat ti'n meddwl y basa Dad yn hapus o glywed hynny, ond dwi'm yn meddwl y bydd o'n fodlon nes bydd pob un sy'n ei arddega - gan gynnwys Rodric - yn cael ei roi dan glo mewn sefydliad i droseddwyr ifanc neu garchar fel Alcatraz.

Ddoe mi gafodd Rodric bres gan Mam a Dad i brynu llyfra adolygu ar gyfer ei arholiada, ond mi wariodd y cyfan ar datŵ!

Dydw i ddim yn fy arddega eto. Ond y funud y bydda i'n cyrraedd y garreg filltir honno, mi fydd Dad yn aros am y cyfle cynta i gael gwared ohona inna hefyd.

<u>Dydd Llun</u>
Ers rhyw wythnos, mae Mani wedi bod yn codi o'i wely bob nos ac yn dod i lawr y grisia.

Ac yn lle ei yrru o'n ôl i'w wely'n syth, mae Mam yn gadael i Mani aros i wylio'r teledu efo ni.

Dydy o ddim yn deg, achos pan mae Mani o gwmpas, dydw i ddim yn cael gwylio'r rhaglenni dwi isio'u gweld.

Pan o'n i'n fychan roedd 'na goblyn o le pan o'n i'n codi o 'ngwely. Mi wnes i drio unwaith neu ddwy, ond mi roddodd Dad stop ar y peth yn reit sydyn.

Roedd Dad yn arfer darllen llyfr o'r enw "Y Goeden Hael" i mi bob nos. Roedd o'n llyfr da iawn, ond roedd 'na lun o'r awdur, dyn o'r enw Shel Silverstein, ar y cefn.

Ond mae Shel Silverstein yn debycach i fôr-leidr nag awdur llyfra i blant.

Mae'n rhaid bod Dad yn gwybod bod y llun yna'n codi ofn arna i, oherwydd un noson, ar ôl i mi godi o 'ngwely, dyma fo'n deud –

> OS CODI DI O DY WELY ETO HENO, ELLA GWELI DI SHEL SILVERSTEIN AR Y GRISIA.

Mi weithiodd hynny! Byth ers y noson honno, dydw i ddim yn codi o 'ngwely ganol nos, hyd yn oed pan dwi bron â byrstio isio mynd i'r tŷ bach.

Dwi'm yn meddwl bod Mam a Dad yn darllen llyfra Shel Silverstein i Mani, a dyna pam mae o'n dal i godi o'i wely bob nos, siŵr o fod.

Dwi wedi clywed rhai o'r straeon mae Mam a Dad yn eu darllen i Mani, ac mae'n amlwg bod rhai o'r bobl sy'n sgwennu'r llyfra 'ma yn dwp neu rwbath.

I ddechra, does 'na fawr ddim geiria ynddyn nhw. Mi fedra rhywun sgwennu llyfr mewn rhyw bum eiliad.

TEDI BÊR BLINO,
LLYGAID YN CAU.
TEDI BÊR CYSGU,
PAWB YN EU GWLÂU.
Y DIWEDD.

Mi ddeudis i hynny wrth Mam. "Os ydy o mor hawdd," medda hi, "pam na roi di gynnig ar sgwennu dy lyfr dy hun?"

Felly dyna'n union be wnes i. A choelia di fi, dydy sgwennu stori ddim yn anodd. Y cwbl mae'n rhaid ei wneud ydy cael cymeriad efo enw bachog, a gwneud yn siŵr ei fod o'n dysgu gwers ar ddiwedd y stori.

Dwi'n edrych 'mlaen at anfon copi drwy'r post at gwmni cyhoeddi a disgwyl gweld lot o bres yn llifo i 'mhocedi i.

Callia,
Mr Siopsiafins!

gan Greg Heffley

Un tro, roedd 'na ddyn o'r enw Mr Siopsiafins. Roedd ei ben yn llawn o syniada gwallgo.

Un diwrnod aeth Mr Siopsiafins am reid yn ei gar.

Ond yna ...

Ac yna ...

Ac yna ...

Y DIWEDD

Ti'n gweld? Yr unig beth ydy 'mod i wedi anghofio
gwneud iddo fo odli. Ond mi fydd yn rhaid i'r
cwmni cyhoeddi dalu mwy i mi os ydyn nhw isio i
mi wneud HYNNY.

<u>Dydd Sadwrn</u>

Wel, ar ôl treulio pythefnos yn cerdded i'r ysgol, ro'n i'n barod i gael ymlacio a diogi am ddau ddiwrnod.

Y broblem efo gwylio'r teledu ar ddydd Sadwrn ydy bod dim byd arno fo heblaw bowlio a golff. Ond hefyd, mae'r haul yn disgleirio drwy wydr drws y patio, a fedri di ddim gweld llawer ar sgrin y teledu chwaith.

Heddiw ro'n i isio newid y sianel, ond roedd y teclyn bach ar y bwrdd coffi. Ro'n i'n eistedd mor gyfforddus, efo 'mhowlen o greision ŷd ar fy nglin, doedd gen i ddim awydd codi.

Mi rois i gynnig ar ddefnyddio Grym Fy Meddwl i godi'r teclyn bach a'i symud o tuag ata i, ac er 'mod i wedi rhoi cynnig ar hyn droeon dwi erioed wedi llwyddo. Heddiw mi fues i'n canolbwyntio'n GALED am chwarter awr, ond heb lwc o gwbl. Biti 'mod i ddim yn gwybod bod Dad yn sefyll y tu ôl i mi yr holl amser.

Mynnodd Dad 'mod i'n mynd allan i gael ymarfer corff. Ond mi ddudis i wrtho 'mod i'n ymarfer YN GYSON, ac wedi bod wrthi bore 'ma efo'r offer codi pwysa ges i ganddo fo.

Ond mi ddylwn i fod wedi meddwl am gelwydd gwell. Roedd Dad yn gwbod yn iawn nad oedd hynny'n wir.

Mr Warren, bòs Dad, ydy'r rheswm pam mae
o'n trio 'nghael i i wneud ymarfer corff. Mae gan
Mr Warren dri mab sy'n athletwyr brwd. Gan fod
Dad yn rhannu lifft i'r gwaith efo fo, mae o'n
pasio cartra Mr Warren ac yn gweld y meibion yn
ymarfer ar y lawnt y tu allan.

Ac felly dwi'n meddwl bod Dad yn eitha siomedig
pan mae o'n cyrraedd adra ac yn gweld be mae'i
feibion O yn ei wneud.

Beth bynnag, fel y dudis i, mi ges i fy nhaflu allan
o'r tŷ heddiw. Fedrwn i ddim meddwl am unrhyw
beth i'w wneud, ond yn sydyn mi ges i syniad.

Ddoe, roedd gan Aron Saunders stori am y boi 'ma o
Tseina oedd yn gallu neidio chwe throedfedd oddi ar
y ddaear i'r awyr. Wir yr. Roedd o wedi gwneud
hynny trwy balu twll tair modfedd o ddyfnder yn y
ddaear, ac yna neidio i mewn ac allan o'r twll gant o
weithiau. Y diwrnod nesaf mi ddyblodd ddyfnder y
twll a neidio i mewn ac allan o HWNNW. Erbyn y
pumed diwrnod, roedd o'n union fel cangarŵ.

"Paid â malu awyr!" meddai rhai o'r hogia wrth Aron. Ond roedd y cyfan yn gwneud synnwyr i MI. A dyma fi'n meddwl, taswn i'n gwneud yr hyn ddudodd Aron ac yna YCHWANEGU diwrnod neu ddau at y broses, mi allai fy holl helynt efo'r bwlis fod ar ben.

Mi es i nôl rhaw o'r garej a chwilio yn yr ardd o flaen y tŷ am safle addas i'w balu. Ond cyn i mi gael dechra, daeth Mam allan a gofyn be'n union o'n i'n ei wneud.

"Jest palu twll," medda fi, ond doedd hi ddim yn rhy hoff o'r syniad HWNNW, yn amlwg. Roedd yn rhaid i mi wrando ar ryw ugain rheswm pam nad oedd hynny'n syniad da.

Roedd hi'n "beryglus" palu yn yr ardd, medda hi, oherwydd gwifra trydan tanddaear a pheipia carthffosiaeth ac ati. Mi wnaeth i mi addo cris-croes-tân-poeth na fyddwn i'n gwneud tylla yn ein gardd ni. "Addo," medda finna.

Aeth Mam yn ôl i'r tŷ, ond roedd hi'n dal i 'ngwylio i drwy'r ffenest. Roedd yn amlwg y basa'n rhaid i mi gario fy rhaw i rwla arall er mwyn palu, felly mi ddechreuais gerdded i gyfeiriad tŷ Roli.

Dwi ddim wedi bod yn nhŷ Roli'n ddiweddar, gan fod tŷ Ffregli ar y ffordd yno. Mae Ffregli wedi bod yn treulio llawer o amser yn yr iard o flaen ei dŷ, ac wrth gwrs, dyna lle roedd o heddiw.

Fy strategaeth newydd efo Ffregli ydy osgoi edrych i'w lygaid o a dal i gerdded heibio, ac mi weithiodd hynny heddiw.

Pan gyrhaeddais i dŷ Roli, mi soniais wrtho fo am fy syniad. Mi fydd y ddau ohonon ni fel ninjas os cadwn ni at yr amserlen neidio-i-mewn-ac-allan-o-dylla rydw i wedi'i llunio.

Ond doedd Roli ddim yn dangos llawer o frwdfrydedd. Roedd o'n poeni y basai fam ai dad yn mynd yn lloerig tasan ni'n palu twll deg troedfedd yn yr ardd heb ofyn iddyn nhw'n gynta.

Un peth dwi wedi'i ddysgu am rieni Roli ydy nad ydyn nhw BYTH yn hoffi fy syniada i. Mi gynigiais i Roli y basan ni'n gallu gorchuddio'r twll efo darn o blastig neu flanced neu rwbath, ac yna gorchuddio hwnnw efo dail. Fyddai ei rieni o ddim callach. Llyncodd Roli'r syniad.

Wrth gwrs, mae'n rhaid i mi gyfadda bod posibilrwydd cry y bydd rhieni Roli'n darganfod y twll RYWBRYD. Ond nid am dri neu bedwar mis, o leia.

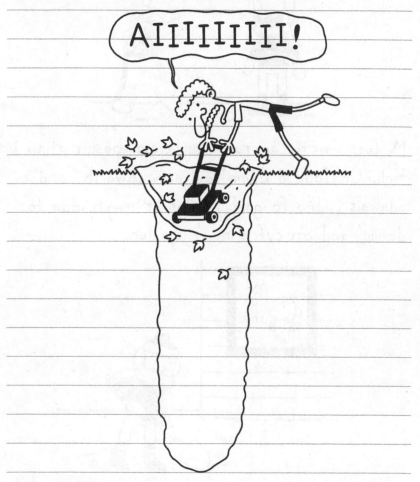

Mi ddois i a Roli o hyd i lecyn delfrydol yn yr ardd i ddechra palu, ond mi ddaethon ni ar draws problem yn syth bin.

Roedd y ddaear wedi rhewi'n GORN, a doedden ni ddim yn gwneud unrhyw hoel o gwbl.

Mi fues i wrthi am rai munuda cyn pasio'r rhaw i Roli. Chafodd o ddim hwyl arni chwaith, ond mi adawais i iddo fo gael tro hir er mwyn iddo fo deimlo'i fod o'n cyfrannu i'r cynllun.

Cafodd Roli chydig gwell hwyl na fi arni, ond pan ddechreuodd hi dywyllu, penderfynodd roi'r gora iddi.

Debyg y bydd yn rhaid i ni roi cynnig arall arni fory.

<u>Dydd Sul</u>
Wel, mi fues i'n pendroni am y peth dros nos, a sylweddoli – os na fedrwn ni balu'n gynt – y bydda i a Roli yn y coleg cyn i ni orffen palu'r twll deg troedfedd 'ma.

Felly mi ges i syniad cwbl WAHANOL. Dwi'n cofio gweld gwyddonwyr ar y teledu yn creu "capsiwl amser" a'i lenwi fo efo gwahanol betha fel papura newydd, DVDs ac ati. Wedyn mi gafodd y capsiwl amser ei gladdu o dan ddaear. Y syniad oedd y basa rhywun yn dod o hyd iddo fo mewn canrif neu ddwy, ei agor a dysgu sut roedd pobl yn byw yn ein cyfnod ni.

Soniais wrth Roli am y peth, ac roedd o'n cytuno ei fod o'n syniad da iawn. Ond dwi'n meddwl ei fod o jest yn falch o wybod na fydden ni'n gorfod treulio'r blynyddoedd nesa'n palu twll.

Pan ofynnais i Roli gyfrannu eitema i'r capsiwl amser, mi ddechreuodd o gael traed oer.

Roedd yn rhaid i mi esbonio, tasa fo'n rhoi rhai o'i bresanta Dolig yn y capsiwl, y basa pobl y dyfodol wrth eu bodd. Doedd hynny ddim yn deg, yn ôl Roli, achos do'n i ddim yn rhoi 'mhresanta Dolig FY HUN ynddo fo. Mi ddeudis wrth fo y basa pobl y dyfodol yn meddwl ein bod ni'n ddau ddiflas iawn tasan nhw'n agor y bocs a'i weld o'n llawn o ddim byd ond dillad a llyfra.

Yn y diwedd, mi gynigiais roi tair punt o 'mhres FY HUN yn y capsiwl – jest er mwyn profi 'mod inna'n gorfod aberthu hefyd. Ar ôl hynny, roedd Roli'n fwy parod i gyfrannu un o'i gêmau cyfrifiadur newydd – ymysg petha eraill.

Ond roedd gen i gynllun cyfrinachol ro'n i'n ei gadw i mi fy hun. Ro'n i'n gwybod bod rhoi pres yn y capsiwl amser yn syniad gwerth ei halen, achos mi fydd y pres yna'n werth LLAWER mwy na £3 yn y dyfodol.

Y gobaith ydy y bydd pwy bynnag sy'n dod o hyd i'r capsiwl yn teithio 'nôl mewn amser a rhoi gwobr i mi am eu gwneud nhw'n gyfoethog.

DIOLCH. DYMA TI!

Sgwennais nodyn bach i'w gynnwys yn y bocs, er mwyn gwneud yn siŵr y bydd pwy bynnag ddaw o hyd iddo fo'n gwbod i bwy i ddiolch.

Rhoddwyd y pres gan

Greg Heffley
12 Stryd Surrey

Mi es i a Roli ati i roi'r holl eitema mewn bocs sgidia, a'i gau o'n dynn efo tâp.

Mi sgwennais neges fer ar y bocs rhag bod neb yn ei agor yn rhy fuan.

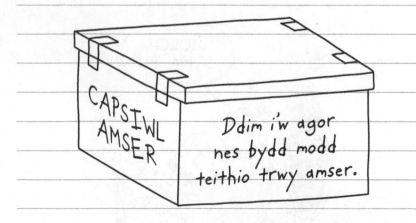

CAPSIWL AMSER

Ddim i'w agor nes bydd modd teithio trwy amser.

Ar ôl hynny, dyma ni'n rhoi'r bocs yn y twll a'i gladdu o cystal ag y gallen ni.

Mi fasa Roli wedi medru gwneud tipyn mwy o ymderch, mewn gwirionedd. Doedd y capsiwl amser ddim o dan y ddaear yn llwyr. Gobeithio na fydd neb yn busnesu ynddo fo, achos mae'n rhaid iddo fo aros yna am o leia ganrif neu ddwy.

PAT
PAT

Dydd Llun
Wel, dechra digon ciami ges i i'r wythnos. Pan godais o 'ngwely doedd gŵn molchi Mam ddim yn hongian ar ddrws fy llofft i, lle mae o fel arfer.

Gofynnais i Mam a oedd hi wedi bod yn gwisgo'r gŵn? Nag oedd, medda hi. Dad sy ar fai, dwi'n ama.

Rai dyddiau'n ôl, mi ddois i o hyd i ffordd o gyfuno gwisgo'r gŵn molchi efo gwynt cynnes y fent yn y llawr. Dwi'm yn meddwl bod Dad yn hoffi'r syniad.

FFWWSH

Mae o naill ai wedi cuddio'r gŵn neu gael gwared ohono fo. Dwi newydd gofio bod Dad wedi mynd â phentwr o ddillad i'r banc ailgylchu ar ôl swper neithiwr. Dyna lle'r aeth o, yn siŵr i chi.

Ac os ydy Dad WEDI cael gwared o'r gŵn, nid dyma'r tro cynta iddo fo wneud rhywbeth tebyg. Wyt ti'n cofio i mi ddeud bod Mani'n trio rhoi'r gora i sugno dymi?

Bora ddoe, casglodd Dad bob un o ddymis Mani a'u taflu.

Aeth Mani'n hollol honco. Er mwyn ei dawelu, roedd yn rhaid i Mam chwilota am ei "Blinci"– darn o hen flanced – a rhoi honno iddo fo.

Blanced las roedd Mam wedi'i gwau i Mani ar ei ben-blwydd cyntaf oedd Blinci'n wreiddiol. Ac mi syrthiodd mewn cariad â'r flanced yn syth.

Roedd Mani'n cario'r hen beth o gwmpas efo fo i bob man. Châi Mam ddim cyfle i'w OLCHI fo, hyd yn oed.

Erbyn pen-blwydd Mani'n ddwy oed, yr unig beth oedd yn dal y flanced at ei gilydd oedd baw trwyn a darna o hen fwyd.

Dwi'n meddwl mai dyna pryd dechreuodd Mani alw'i flanced yn "Blinci".

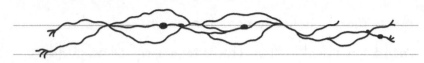

Mae Mani wedi bod yn llusgo Blinci o gwmpas y tŷ ers dau ddiwrnod, fel roedd o'n arfer ei wneud pan oedd o'n fabi. Rydw inna'n trio cadw'n ddigon pell oddi wrtho fo.

Dydd Mercher

Dwi 'di cael llond bol ar orfod cerdded i'r ysgol bob dydd, felly bora 'ma mi ofynnais i Mam roi lifft i fi a Roli. Dwi ddim wedi gofyn iddi hi cyn hyn oherwydd bod 'na sticeri gwirion ar y car, a tasa fy ffrindia 'n eu gweld, fasa 'mywyd i ddim gwerth ei fyw.

Dwi wedi trio crafu'r sticeri i ffwrdd, ond mae'r glud arnyn nhw wedi'i greu i bara am byth bythoedd.

Mae fy mhlentyn i'n mynd i

Ysgol Feithrin Bwni Binc

Heddiw, mi ges i a Roli lifft gan Mam – ond mi wnes i'n siŵr ei bod hi'n ein gollwng ni y TU ÔL i'r ysgol.

Wel, mi wnes i'r camgymeriad TWP o adael fy mag ysgol yn y car, a daeth Mam â fo i mi yn ystod yr ail wers. Ac wrth gwrs, HEDDIW oedd y diwrnod y dechreuodd hi fynd i'r gampfa.

Allai hi ddim â bod wedi cyrraedd ar adeg waeth – yn ystod yr unig wers dwi'n ei chael efo Heulwen Hills. Dwi 'di bod yn trio creu argraff arni hi eleni, ac mae'r digwyddiad yma wedi dad-wneud fy holl waith da i.

Nid fi 'di'r unig un sy'n trio creu argraff ar Heulwen Hills, chwaith. Mae pob hogyn yn fy nosbarth in ei ffansïo hi.

Heulwen ydy rhif pedwar ar restr genod dela'r dosbarth, ond mae gan y tair arall gariadon. Felly mae llawer o'r hogia, fel fi, yn gwneud eu gora glas i hoelio'i sylw.

Dwi 'di bod yn trio meddwl am ffordd o fod yn wahanol i'r lloua eraill sy'n lecio Heulwen. A dwi'n meddwl 'mod i wedi taro ar un: hiwmor.

Mae hiwmor y lleill fel un dynion Oes y Cerrig. I roi rhyw syniad i ti, dyma'r math o beth mae hogia'r dosbarth yn ei weld yn ddoniol –

Os ydy Heulwen o gwmpas, dwi'n gofalu 'mod i'n defnyddio fy jôcs gorau.

Dwi wedi bod yn defnyddio Roli fel partner comedi i mi, ac wedi esbonio iddo fo sut i gyflwyno ambell jôc dda.

Yr unig broblem ydy bod Roli'n dechra bod yn farus ac yn trio dwyn rhai o'r llinella gora. Felly dwi'm yn siŵr pa mor hir fydd y bartneriaeth yma'n para.

Dydd Gwener

Wel, dwi wedi dysgu fy ngwers ynglŷn â gofyn i Mam am lifft, felly dwi'n cerdded i'r ysgol unwaith eto. Ond wrth i mi gerdded adra efo Roli pnawn 'ma, ro'n i'n teimlo'n flinedig iawn a do'n i ddim yn meddwl y medrwn i ddringo'r allt at y tŷ. Felly mi ofynnais i Roli fy nghario ar ei gefn.

Doedd Roli ddim yn or-awyddus, felly roedd yn rhaid i mi ei atgoffa ein bod ni'n ffrindia gora ac mai dyma'r math o beth mae ffrindia gora'n ei wneud. Mi gytunodd yn y diwedd pan gynigiais i gario'i fag ysgol o.

Beryg na fydd o'n fodlon gwneud yr un peth eto, achos roedd o wedi ymlâdd yn llwyr. A deud y gwir, os ydy'r bws ysgol yn gwrthod mynd â ni adra, y peth lleia fedrith yr ysgol ei wneud ydy gosod lifft sgïo ar allt ein stryd ni.

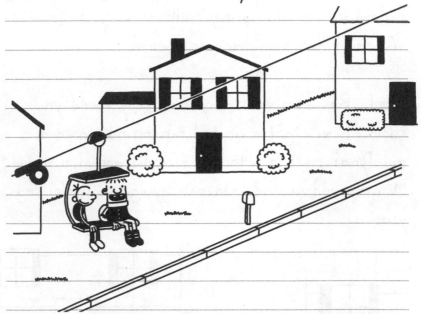

Dwi wedi gyrru sawl ebost at y prifathro yn awgrymu hyn, ond dwi heb dderbyn ateb eto.

Pan gyrhaeddais i adra, ro'n i wedi blino'n lân. Dwi wedi dechra mynd i'r gwely am gyntun bach bob pnawn ar ôl dod adra o'r ysgol.

Dwi wrth fy MODD yn gwneud hyn. Wrth gael cyntun-ar-ôl-ysgol, dwi'n cael fy nerth yn ôl. Mi fydda i'n rhuthro i'r gwely yn syth ar ôl cyrraedd adra.

Dwi'n dechra dod yn arbenigwr ar gysgu. Unwaith dwi mewn trwmgwsg, mi fedra i gysgu drwy unrhyw beth.

Yr unig un sy'n well na fi am gysgu ydy RODRIC, a dyma pam dwi'n deud hyn. Chydig wythnosa'n ôl, bu'n rhaid i Mam brynu gwely newydd i Rodric gan fod yr hen fatres wedi gwisgo at y sbrings. Felly mi ddaeth 'na ddynion i'w nôl hi.

Pan gyrhaeddon nhw, roedd Rodric yn ei wely yn cael cyntun-ar-ôl-ysgol. Felly mi aethon nhw â'r gwely a'i adael o i gysgu ar y llawr, yng nghanol ffrâm wag y gwely.

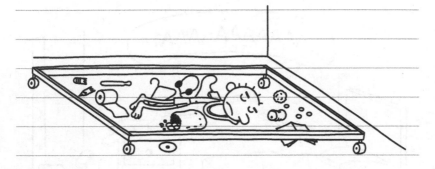

Dwi wir yn poeni y bydd Dad yn rhoi stop ar yr holl beth. Dwi'n cael yr argraff ei fod o wedi cael llond bol ar orfod ein deffro ni'n dau i ddod i lawr am swper bob nos.

<u>Dydd Mawrth</u>
Wel, mae'n gas gen i gyfadde hyn, ond dwi'n meddwl bod yr holl gysgu 'ma'n dechra effeithio ar fy ngwaith ysgol i.

48

Ro'n i'n arfer gwneud fy ngwaith cartra'n syth ar ôl dod adra o'r ysgol bob pnawn, ac yn gwylio'r teledu gyda'r nos. Yn ddiweddar, dwi wedi bod yn trio gorffen fy ngwaith cartra TRA 'mod i'n gwylio'r teledu, ond weithia dydy hynny ddim yn gweithio.

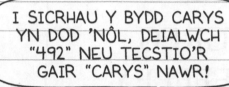

Ro'n i i fod i gyflwyno project Bioleg 4 tudalen heddiw, ond neithiwr ro'n i wedi ymgolli'n llwyr yn y rhaglen deledu. Felly ro'n i'n brysur drwy'r egwyl heddiw yn trio gorffen y gwaith.

Doedd gen i ddim amser i wneud ymchwil, felly mi ddefnyddiais deip mawr, a rhoi digon o le o gwmpas ymyl y dudalen er mwyn ymestyn y gwaith. Ond mae Ms Nolan yn siŵr o 'nghosbi fi am hyn.

Y TSIMP

Project pedair tudalen
gan

GREG

HEFFLEY

Dyma tsimpansî,
neu "tsimp" fel mae'n
cael ei adnabod.

Y tsimp ydy testun
y project sydd yn eich llaw
chi ar hyn o bryd.

Ddoe, mi ges i "sero" mewn cwis Daearyddiaeth. Ond, cofiwch, roedd hi'n sobor o anodd adolygu ar gyfer y cwis a gwylio pêl-droed yr un pryd.

A deud y gwir, dwi'm yn meddwl y dylai athrawon fod yn ein gorfodi ni i ddysgu'r holl betha 'ma ar ein cof, achos yn y dyfodol bydd gan bawb ei robot personol ei hun fydd yn medru ateb unrhyw gwestiwn.

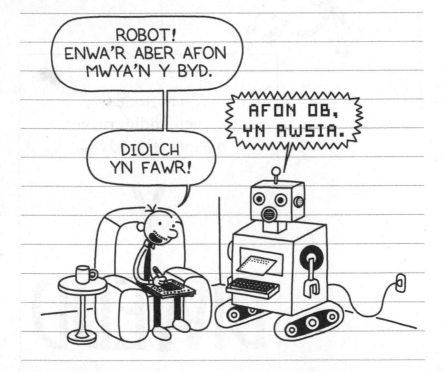

A sôn am athrawon, iesgob roedd croen tin
Mrs Craig ar ei thalcen heddiw, oherwydd bod
y geiriadur mawr, sy wastad ar ei desg, ar goll.
Dwi'n siŵr bod rhywun wedi'i fenthyg o ac wedi
anghofio dod â fo 'nôl, ond roedd Mrs Craig
yn mynnu bod rhywun wedi'i "ddwyn" o.

Os na fasa'r geiriadur 'nôl ar ei desg hi erbyn
diwedd y wers, roedd hi am gadw pawb i mewn
drwy'r egwyl, medda hi.

Yna, mi ddudodd ei bod hi am adael yr ystafell,
a tasa'r "lleidr" yn rhoi'r geiriadur 'nôl ar ei desg
hi, dyna fyddai diwedd y mater.

Cyn i Mrs Craig adael y stafell, dewisodd Poli Ffransis i fod yn gapten y dosbarth. Mae Poli'n cymryd ei rôl fel capten o ddifri, ac os mai hi sydd wrth y llyw, does neb yn meiddio camfihafio.

Ro'n i'n gobeithio y basa'r "lleidr" y rhoi'r geiriadur yn ôl yn go handi, achos roeddwn i wedi yfed dwy botel o lefrith siocled yn ystod y bore.

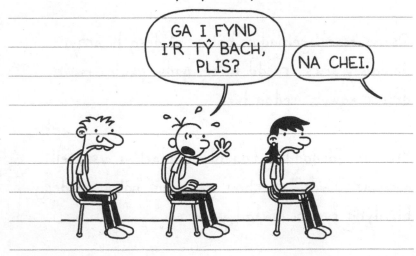

Ond wnaeth neb gyfadde. Ac wrth gwrs, cadwodd Mrs Craig at ei gair. Wedyn mi ddeudodd y basa hi'n cadw pawb i mewn bob egwyl nes i'r geiriadur gael ei roi'n ôl.

Dydd Gwener

Mae Mrs Craig wedi'n cosbi ni bob egwyl ers tridia, ond ddaeth y geiriadur byth i'r fei. Heddiw roedd Poli Ffransis yn sâl, felly Aled ab Alwyn oedd capten y dosbarth tra oedd Mrs Craig allan o'r stafell.

Mae Aled yn ddisgybl da ond, yn wahanol i Poli Ffransis, does gan neb ei ofn o. Y munud y gadawodd Mrs Craig y stafell, roedd hi fel sw yno.

55

Roedd dau neu dri o'r hogia wedi cael llond bol ar golli egwyl bob dydd, ac mi benderfynon nhw drio datrys dirgelwch y geiriadur.

Y cynta i gael ei groesholi oedd hogyn o'r enw Gwydion John. Roedd o ar ben y rhestr oherwydd ei fod o'n glyfar ac yn defnyddio geiria mawr drwy'r amser.

"Ia, fi wnaeth!" meddai Gwydion bron ar unwaith. Ond dim ond cyffesu oherwydd ei fod o dan straen oedd o.

Pwyll Lewis oedd y nesa ar y rhestr, a chyn pen dim roedd yntau'n cyffesu hefyd.

Roedd hi'n amlwg y basa fy nhro INNA'n dod yn fuan. Felly roedd yn rhaid i mi feddwl am syniad yn go sydyn.

Dwi wedi darllen digon o lyfra Sherlock Jones i wybod mai nyrd sy fel arfer yn cael rhywun allan o dwll. Ac ro'n i'n gwybod mai'r un i ddatrys y dirgelwch yma oedd Aled ab Alwyn.

Felly mi es i ac un neu ddau o'r hogia eraill oedd yn digwydd cael eu haslo at Aled, i weld fydda fo'n medru ein helpu.

Mi ofynnon ni i Aled am help i ddatrys dirgelwch y geiriadur, ond doedd ganddo fo ddim syniad am be oeddan ni'n SÔN. Roedd o wedi ymgolli cymaint yn ei lyfr nes colli diddordeb ym mhopeth oedd yn digwydd o'i gwmpas.

Ond hefyd, gan fod Aled yn aros yn y dosbarth bob amser egwyl i ddarllen beth bynnag, doedd o ddim wedi sylwi ar gosb Mrs Craig.

Yn anffodus, mae Aled hefyd wedi darllen ei siâr o lyfra Sherlock Jones, ac mi ddudodd y basa fo'n fodlon ein helpu ni am ffi o £5. Wel, doedd hynny ddim yn deg iawn, achos dim ond punt ydy ffi Sherlock Jones. Ond roedden ni i gyd yn cytuno bod hyn yn werth £5, ac mi gasglon ni'r pres rhyngon ni.

Mi roeson ni'r ffeithia i gyd i Aled, ond doedd dim
llawer ohonyn nhw. Wedyn, mi ofynnon ni i Aled
sut i fynd o'i chwmpas hi.

Ro'n i'n disgwyl i Aled wneud nodiada a siarad
mymbo-jymbo, ond y cwbl wnaeth o oedd cau'r llyfr
roedd o wedi bod yn ei ddarllen a dangos y clawr i
ni. A CHOELI DI FYTH – geiriadur Mrs Craig
oedd o.

Roedd Aled wedi bod yn darllen y geiriadur er
mwyn adolygu ar gyfer Cystadleuaeth Sillafu Cymru
sy'n cael ei chynnal fis nesa. Wel, biti nad oeddan
ni'n gwybod hynny CYN rhoi'r £5 iddo fo.
Ond doedd 'na ddim amser i gwyno gan y byddai
Mrs Craig yn ôl unrhyw eiliad.

Cipiodd Gwydion John y llyfr o ddwylo Aled a'i roi nôl ar ddesg Mrs Craig. Ond y funud honno mi gerddodd hi i mewn i'r dosbarth.

Torrodd Mrs Craig ei haddewid o "beidio â chosbi", ac mi fydd Gwydion John yn colli egwyl am dair wythnos arall. Ond o leia mi fydd Aled ab Alwyn yno i gadw cwmni iddo fo.

MIS CHWEFROR

<u>Dydd Mawrth</u>

Pan agorais fy mhecyn bwyd yn y ffreutur amser cinio ddoe, y cwbl oedd ynddo fo oedd DAU FFRWYTH – a dim byd arall.

Roedd hon yn broblem fawr. Mae Mam wastad yn rhoi bisged siocled neu ddarn o gacen yn fy mhecyn i, a dyna'r unig betha dw'in eu bwyta fel rheol. Felly doedd gen i ddim egni ar gyfer gweddill y pnawn.

Ar ôl cyrraedd adra, mi ofynnais i Mam be goblyn oedd ystyr y ddau ffrwyth 'ma. Esboniodd ei bod hi, bob wythnos, yn prynu digon o betha melys i bara wythnos gyfan, ond mae'n rhaid bod un ohonon ni wedi bod yn helpu'n hunain.

Dwi'n siŵr bod Mam yn credu mai fi ydy'r lleidr danteithion – ond coelia di fi, dwi wedi hen ddysgu fy ngwers ynglŷn â HYNNY.

Llynedd, mi fues i'n dwyn danteithion o'r cwpwrdd-pethau-melys, ond pan ges i fy nal mi dalais y pris yn llawn. Yn fy mhecyn bwyd i un diwrnod roedd Mam wedi rhoi rhwbath gwahanol iawn.

PWY WNEITH FFEIRIO PECYN O HADAU AM RYWBETH BLASUS, GYFEILLION?

Digwyddodd yr un peth yn union amser cinio heddiw hefyd: dau ffrwyth a dim byd melys.

Dwi wir yn dibynnu ar siwgr i roi egni i mi am weddill y dydd. Mi fues i jest â syrthio i gysgu yn ystod gwers Mr Watson, ond yn ffodus iawn mi ddeffrais yn sydyn wrth i 'mhen daro cefn y gadair.

Pan gyrhaeddais i adra, mi ddudis i wrth Mam nad oedd hi'n deg bod rhywun arall yn bwyta'r danteithion a finna'n gorfod diodde. Ond fydd hi ddim yn siopa bwyd tan ddiwedd yr wythnos, medda hi, a bydd raid i mi "ddiodde'n dawel" tan hynny.

Doedd Dad yn fawr o help chwaith. Pan gwynais i wrtho fo, y cwbl wnaeth o oedd creu cosb ar gyfer pwy bynnag a gâi ei ddal, sef "dim drymia a dim gêmau cyfrifiadur am wythnos". Felly roedd o'n amlwg yn meddwl mai fi neu Rodric sy'n dwyn.

Nid y FI sy wrthi, felly mae'n siŵr bod Dad yn iawn am Rodric. Pan aeth Rodric i'r stafell molchi ar ôl swper, mi es i i'w stafell wely o i chwilio am friwsion neu becynna gwag.

Ond wrth browla o gwmpas mi glywais sŵn ei draed o'n dod yn nes. Roedd yn rhaid i mi guddio'n sydyn, achos mae Rodric yn gwylltio'n gacwn os ydy o'n fy nal yn ei stafell, fel y gwnaeth o ddoe.

Cyn i Rodric gyrraedd drws ei lofft ro'n i wedi deifio i mewn i'r cwpwrdd o dan y ddesg a chau'r drws. Daeth Rodric i mewn, taflu ei hun ar y gwely a ffonio'i ffrind, Wil.

Siaradodd Rodric a Wil am HYDOEDD, ac ro'n i'n dechra poeni y basa'n rhaid i mi dreulio'r nos yn y cwpwrdd.

Roedd Rodric a Wil yn dadlau'n ffyrnig a oedd modd i rywun chwydu os oedd o'n sefyll ar ei ben ar y pryd, a dechreuais inna deimlo braidd yn sâl. Yn lwcus i mi, aeth batri'r ffôn yn fflat. Felly, pan redodd Rodric allan i nôl y ffôn arall, daeth cyfle i mi ddianc.

Fyddai dim ots am becyn bwyd Mam tasa gen i bres. Wedyn, mi faswn i'n gallu prynu rhwbath i'w fwyta o'r peiriant bwyd yn y ffreutur.

Ond ar hyn o bryd does gen i'r un ddima goch, oherwydd 'mod i wedi gwastraffu 'mhres i gyd ar sothach alla i ddim hyd yn oed eu DEFNYDDIO.

Tua mis yn ôl, mi welais i hysbysebion yn un o'r comics dwi'n eu prynu, ac archebais rai petha drwy'r post – petha oedd i fod i newid fy mywyd i'n LLWYR.

Mi ddechreuais dderbyn y stwff drwy'r post rhyw bythefnos yn ôl.

Dydy'r Peiriant Pres yn ddim byd ond tric ac mae'n rhaid i ti roi dy bres DY HUN mewn twll dirgel er mwyn iddo fo weithio. Siom fawr i mi, achos ro'n i'n dibynnu ar y peiriant i wneud digon o bres rhag i mi orfod gweithio pan fydda i'n hŷn.

Doedd y Sbectol Pelydr-X ddim ond yn gwneud i bopeth edrych yn niwlog ac yn rhoi llygaid croes i mi.

Doedd y Pecyn Taflu Llais ddim yn gweithio
O GWBL, er i mi ddilyn y canllawiau'n fanwl.

Ond yr eitem ro'n i wedi bod yn disgwyl yn eiddgar
amdani oedd yr Hofrenfwrdd Personol. Ro'n i'n
dychmygu gwibio adra o'r ysgol bob pnawn unwaith
roedd o wedi cyrraedd.

Wel, mi gyrhaeddodd y pecyn heddiw, ond doedd 'na ddim hofrenfwrdd y tu mewn. Dim ond cynllun sut i ADEILADU hofrenfwrdd, ac roedd hi wedi canu arna i ar ôl darllen Cam Un.

Cam Un:
Mae arnoch angen
injan ddiwydiannol
dau-dyrbin.

Alla i ddim credu bod y bobl sy'n sgwennu'r hysbysebion ma'n cael rhwydd hynt i ddeud y fath gelwydd wrth blant. Mi wnes i ystyried cyflogi twrna er mwyn mynd â nhw i gyfraith, ond maen nhw'n rhy ddrud, a dim ond darn diwerth o fetel oedd y Peiriant Pres beth bynnag.

<u>Dydd Iau</u>
Pan gyrhaeddais i adra o'r ysgol heddiw, roedd Mam yn aros amdana i, a golwg reit flin arni hi. Mae'n debyg bod yr ysgol wedi anfon adroddiad adra a hitha wedi agor yr amlen cyn i mi fedru'i chuddio hi.

Pan welais yr adroddiad, doedd o ddim yn rhywbath i fod yn falch ohono. Yna mi ddudodd hi y byddan ni'n aros i DAD gyrraedd adra i ni gael gweld be oedd o'n ei feddwl.

Pan ydw i mewn trwbl, gorfod aros i Dad gyrraedd adra ydy'r peth GWAETHA, wir i ti. Ro'n i'n arfer mynd i guddio mewn cwpwrdd ond, yn ddiweddar dwi wedi dod o hyd i ffordd well o ddelio efo'r sefyllfa. Rŵan, dwi'n gofyn i Nain ddod draw am swper, achos wnaiff Dad ddim meiddio colli'i limpin efo fi o flaen Nain.

DIOLCH I TI, CARIAD!

Amser swper, mi wnes i'n siŵr 'mod i'n eistedd nesa at Nain.

Diolch byth, wnaeth Mam ddim crybwyll yr adroddiad amser swper. A phan soniodd Nain bod yn rhaid iddi adael i fynd i'r Bingo, es inna efo hi.

WELA I CHI WEDYN!

Nid yn unig roedd mynd i'r Bingo efo Nain yn ffordd dda o osgoi Dad, roedd hefyd yn ffordd wych o wneud chydig o bres.

Wrth dreulio awr neu ddwy efo Nain a'i ffrindia yn y Bingo, dwi wastad yn gwneud digon o bres i brynu llwyth o sothach o beiriant ffreutur yr ysgol.

Mae Nain a'i ffrindia'n GRÊT am chwara Bingo, ac maen nhw o ddifri ynghylch yr holl beth. Mae'r gêr "lwc dda" i gyd ganddyn nhw – marciwr lwcus, tedi lwcus a phetha felly.

Mae un o ffrindia Nain yn medru cofio'r rhifa sy ar ei holl gardia bingo, felly does arni hi ddim angen marciwr o gwbl.

Heno, am ryw reswm, doedd Nain a'i ffrindia ddim yn cael cystal hwyl arni ag arfer. Ond wedyn, mi wnes i gwblhau un o 'nghardia yn ystod gêm. "Bingo!" gwaeddais yn uchel, a daeth y swyddog draw i wirio 'ngherdyn i.

Ond mae'n debyg 'mod i wedi gwneud cawl o betha ac wedi croesi rhai rhifau'n anghywir. Cyhoeddodd y swyddog bod fy ngherdyn i'n "annilys". Roedd pawb yn y stafell wrth eu boddau.

Mi ddudodd Nain wrtha i am beidio â thynnu cymaint o sylw ata i fy hun taswn i'n digwydd ennill eto. Dydy'r hen lawia ddim yn lecio gweld rhywun newydd yn ennill.

Ro'n i'n meddwl bod Nain yn tynnu 'nghoes i ond, yn wir i ti, mi ddaeth un ohonyn nhw draw i drio codi ofn arna i. Ac mi wnaeth hi sioe go dda o betha, rhaid i mi gyfadda.

Dydd Gwener

Wel, diwrnod digon ciami ges i heddiw. Yn gynta, mi wnes i'n wael yn y prawf Gwyddoniaeth. Biti 'mod i heb aros adra neithiwr i adolygu, yn lle treulio pedair awr yn y Bingo.

Yn y wers ar ôl egwyl, mi ges i fy nal yn cysgu'n DRWM. Bu'n rhaid i Mr Watson fy ysgwyd yn ffyrnig i 'neffro i. Fy nghosb oedd gorfod eistedd yn wynebu'r dosbarth am weddill y wers.

Iawn gen i – o leia ro'n i'n cael llonydd i gysgu yn fanno.

Ond biti ydy bod neb wedi trafferthu i 'neffro i ar ddiwedd y wers, achos ro'n i'n dal i gysgu pan ddechreuodd y wers NESA.

Mrs Lowri oedd yn dysgu blwyddyn 10 yn y stafell ar y pryd. A rŵan dwi'n mynd i gael fy nghadw yn Y Gell Gosb, ar ôl ysgol nos Lun.

Ro'n i'n teimlo'n wantan iawn heno gan nad ydw i wedi cael siwgr ers oesoedd. Doedd gen i ddim pres i fynd i'r siop, felly mae arna i ofn 'mod i wedi gwneud rhwbath cwbl anfaddeuol.

Es i draw i dŷ Roli a chodi'r capsiwl amser oedd wedi'i gladdu yn yr ardd. Roedd hyn yn argyfwng.

Mi gariais y capsiwl amser adra, ei agor a phocedu'r teirpunt. Wedyn mi es i'r siop i brynu can o bop, pecyn o losin a bar o siocled.

Dwi'n teimlo'n euog weithia wrth feddwl na chafodd y capsiwl amser ei gadw dan ddaear am ganrif neu ddwy. Ond, ar y llaw arall, dwi'n reit falch mai un ohonon NI gafodd y cyfle i agor y bocs, achos roeddan ni wedi rhoi petha da ynddo fo.

Dydd Llun

Do'n i erioed wedi bod yn y Gell Gosb o'r blaen, ond pan gerddais i mewn i'r stafell ro'n i'n gwybod ar unwaith nad fama ydy'r lle i mi, yng nghanol troseddwyr y dyfodol.

Eisteddais ar yr unig sedd wag oedd 'na – reit o flaen Llion Roberts.

Nid Llion ydy'r mwya peniog yn yr ysgol. Roedd o'n cael ei gosbi am be wnaeth o pan laniodd gwenynen ar ffenest ei ddosbarth.

Y cwbl rwyt ti'n ei wneud yn y Gell Gosb ydy eistedd yn dawel yn aros i gael dy ryddhau. Chei di ddim darllen na gwneud gwaith cartra na DIM, sy'n rheol dwp, achos mi allai'r teip o ddisgyblion oedd yno fod wedi elwa o gael mwy o amser adolygu.

Mr Rees oedd yno'n cadw llygad barcud arnon ni. Ond bob tro roedd o'n edrych i gyfeiriad gwahanol, roedd Llion yn fflicio 'nghlust i neu 'mhwnio i yn fy nghefn. Yn y diwedd, cafodd Llion ei ddal gan Mr Rees yn fflicio 'nghlust i.

Mi ddudodd Mr Rees wrth Llion y basa fo mewn CLAMP o drwbl tasa fo'n cael ei ddal yn cyffwrdd pen ei fys ynof i eto.

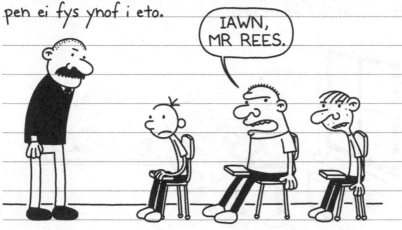

Ro'n i'n gwybod y basa Llion yn ailddechra ar ei nonsens o fewn dim, felly mi benderfynais roi diwedd ar hyn, unwaith ac am byth. Yr eiliad y trodd Mr Rees ei gefn arnon ni, mi guriais fy nwylo fel tasa Llion wedi rhoi celpan i mi.

Mi ddudodd Mr Rees wrth Llion bod yn rhaid iddo
fo aros ar ôl am hanner awr arall, a dod 'nôl i'r Gell
Gosb eto FORY.

Ar fy ffordd adra, ro'n i'n pendroni tybed o'n i
wedi gwneud peth call. Dydw i ddim yn dda am
redeg a dim ond hanner awr oedd gen i cyn i Llion
ddod ar fy ôl i.

<u>Dydd Mawrth</u>
Mi sylweddolais heno mai gwraidd POB drwg yn fy
mywyd ar hyn o bryd ydy bod rhywun yn ein tŷ ni
wedi bod yn dwyn y petha melys sydd i fod yn fy
mhecyn bwyd i. Felly mi benderfynais drio dal y lleidr
– unwaith ac am byth.

Ro'n i'n gwybod bod Mam wedi prynu bwyd dros y penwythnos, felly roedd 'na ddanteithion di-ri yn y cwpwrdd. Ac roedd hynny'n golygu bod y lleidr yn bownd o gael ei demtio eto.

Ar ôl swper, mi es i i'r stafell golchi dillad a diffodd y golau. Wedyn mi ddringais i mewn i fasged ddillad wag ac aros.

Ymhen tua hanner awr, daeth rhywun i'r stafell a throi'r golau 'mlaen, felly mi guddiais i o dan dywel. Ond dim ond Mam oedd yno.

Arhosais yn hollol llonydd tra oedd hi'n gwagio'r dillad glân o'r sychwr. Wnaeth Mam ddim sylwi arna i, ac mi ollyngodd y dillad yn bentwr cynnes ar fy mhen yn y fasged lle o'n i'n cuddio.

Cerddodd allan o'r stafell, ac mi arhosais inna. Ro'n i'n fwy na pharod i aros yno drwy'r nos os oedd rhaid.

Ond roedd y dillad cynnes o'r sychwr yn dechra gwneud i mi deimlo'n gysglyd. A chyn pen dim, ro'n i'n cysgu'n drwm.

Dwn i ddim am faint fues i'n cysgu, ond yr hyn DDEFFRODD FI oedd sŵn siffrwd papur.

Pan glywais i sŵn cnoi, mi afaelais i yn fy fflachlamp a'i phwyntio at y lleidr. Mi ddaliais i o wrthi!

Dad oedd o! Mi ddylwn i fod wedi dyfalu o'r dechrau mai fo oedd wrthi. Mae o'n SGUT am sothach.

Mi ddechreuais roi pryd o dafod i Dad, ond troi clust fyddar ddaru o. Doedd ganddo fo ddim diddordeb mewn trafod pam ei fod o'n dwyn ein cinio ni – dim ond trafod pam 'mod i'n cuddio yng nghanol pentwr o ddillad isaf Mam a hithau'n ganol nos.

Ond ar yr eiliad honno mi glywson ni Mam yn dod i lawr y grisiau.

Dwi'n credu i fi a Dad sylweddoli na fasan ni'n medru esbonio i Mam heb gael ein hunain i drwbl, felly mi gasglon ni gymaint o fisgedi ag y gallen ni, a'i heglu hi o 'na.

<u>Dydd Mercher</u>
Ro'n i'n dal i gorddi oherwydd mai Dad oedd wedi bod yn dwyn fy nghinio i, ac yn barod i'w gornelu fo heno a'i gael i wynebu'i gyfrifoldeb. Ond roedd Dad yn ei wely erbyn 6 o'r gloch, felly ches i ddim cyfle.

Y rheswm pam aeth Dad i'w wely mor fuan ydy oherwydd bod rwbath ddigwyddodd ar ei ffordd adra o'r gwaith heno wedi'i neud o'n ddigalon. Pan oedd Dad yn nôl y post, mi ddaeth ein cymdogion, y Snichod, i lawr yr allt efo'u babi newydd.

HELÔ 'NA, FFRANC!

Enw'r babi ydy Seth, ac mae o tua dau fis oed
erbyn hyn. Bob tro mae'r Snichod yn cael babi,
chwe mis yn ddiweddarach maen nhw'n trefnu parti
i ddathlu ei ben-blwydd o'n "hanner oed" ac yn
gwahodd pawb draw.

Uchafbwynt pob parti hanner oed yn nhŷ'r Snichod
ydy gweld yr oedolion i gyd yn cael eu gorfodi i
sefyll mewn rhes a thrio gwneud i'r babi chwerthin.
Mae'r oedolion i gyd yn tynnu stumia gwirion ac yn
gwneud ffyliaid LLWYR ohonyn nhw'u hunain.

Dwi wedi bod ym mhob parti "hanner oed" yn nhŷ'r
Snichod, a welais i'r un babi yn chwerthin unwaith.

Mae pawb yn gwybod be ydy'r GWIR reswm dros drefnu'r partïon "hanner oed" 'ma. Breuddwyd fawr y teulu ydy ennill y Brif Wobr o £10,000 ar raglen "Teuluoedd Doniolaf Cymru". Rhaglen deledu ydy hi sy'n dangos ffilmia o bobl yn cael eu taro yn eu gwendid efo peli golff a phetha felly.

Mae'r Snichod yn byw mewn gobaith y bydd rhwbath gwirioneddol ddigri'n digwydd yn un o'u partïon er mwyn iddyn nhw allu ei recordio fo. Maen nhw wedi llwyddo i ffilmio petha go ddoniol dros y blynyddoedd. Yn ystod parti pen-blwydd Siôn Snich yn hanner oed, mi rwygodd trowsus Mr Daniel wrth iddo fo wneud naid seren. Ac yn ystod parti Scott Snich, wrth i Mr Owen gerdded wysg ei gefn, mi faglodd i mewn i bwll padlo'r babi.

Er i'r Snichod yrru'r clipia i'r rhaglen, wnaethon nhw ddim ennill gwobr. Felly, maen nhw'n debygol o genhedlu plant hyd nes y gwnân nhw ennill.

Mae Dad yn CASÁU perfformio o flaen pobl, felly mi wnaiff o unrhyw beth i osgoi gorfod actio fel ffŵl o flaen y cymdogion. A hyd yn hyn, mae Dad wedi llwyddo i feddwl am esgus dros beidio â mynd i bob parti hanner oed y Snichod.

Amser swper, mi gyhoeddodd Mam y bydd yn RHAID i Dad fynd i barti hanner oed Seth Snich ym mis Mehefin. Ac roedd Dad yn gwybod nad oedd modd ei osgoi y tro 'ma.

Dydd Iau
Mae pawb yn yr ysgol wedi bod yn trafod y Ddawns San Ffolant yr wythnos nesa.

Dyma'r tro cynta i'r ysgol drefnu dawns, felly mae pawb wedi cynhyrfu'n lân. Mae rhai o hogia fy nosbarth i hyd yn oed wedi gofyn i rai o'r genod fynd ar ddêt i'r ddawns efo nhw.

Rydw i a Rolin sengl ar hyn o bryd, ond dydy hynny ddim yn golygu na allwn ni gyrraedd y ddawns mewn steil.

Fues i'n meddwl, taswn i a Rolin safio pob ceiniog dros y dyddia nesa, mi allwn ni logi limo am y noson. Ond pan ffoniais i'r cwmni llogi limos, mi alwodd y dyn a atebodd y ffôn fi'n "siwgwr". Felly mi gollodd o fy musnes i'n SYTH.

Gan fod llai nag wythnos tan y ddawns, mae'n rhaid i mi ddod o hyd i rwbath i'w wisgo.

Mae petha'n edrych yn anodd arna i. Erbyn hyn, dwi wedi gwisgo pob dilledyn ges i'n bresant Dolig, a does gen i fawr o ddillad glân ar ôl. Felly mi es i drwy fy nillad budron i weld fedrwn i wisgo rwbath am yr AIL waith.

Mi wnes i ddidoli fy nillad yn ddau bentwr: dillad y galla i eu gwisgo eto, a dillad fasa'n fy ngorfodi i weld nyrs yr ysgol ynglŷn â 'nglendid personol taswn i'n eu gwisgo nhw eto.

Yn y pentwr cynta roedd 'na grys oedd ddim yn rhy ddrewllyd, ond roedd 'na staen jam ar yr ochr chwith. Felly mae'n rhaid i mi ofalu bod Heulwen Hills ar y dde i mi gydol y ddawns.

Dydd San Ffolant

Ro'n i'n hwyr yn mynd i 'ngwely neithiwr gan 'mod i'n creu cardia San Ffolant i bawb yn fy nosbarth i. Dwi'n siŵr mai hon ydy'r unig ysgol yng Nghymru sy'n gorfodi pawb i roi cardia i'w gilydd.

Llynedd, ro'n i'n edrych 'mlaen at gael cyfnewid cardia. Ro'n i wedi treulio oria'n creu cerdyn anhygoel i'w roi i ferch ddel o'r enw Nia.

♡ F'annwyl Nia,	Gad i goelcerth fy
Yn fy nghalon, mae	serch dy lapio yn ei wres
tân ynghynn	Dim ond dy gusan di
Tân cryf fyddai'n	all ddiffodd y fflamau
berwi can tegell	sy'n bwyta f'enaid i
Tân grymus fyddai'n	I ti y cyflwynaf fy
toddi holl ddynion	nghariad, fy chwant,
eira'n byd	fy mywyd. Greg

Mi ddangosais i'r cerdyn i Mam er mwyn iddi wirio'r sillafu ac ati, ond mi ddudodd fod y geiria'n "anaddas" i rywun fy oedran i. Dudodd y dylwn i roi bocs o siocledi neu rwbath i Nia. Ond pwy oedd hi i gynnig cyngor i mi am gariad?

Yn yr ysgol roedd pawb wedi rhoi eu cardia San Ffolant ym mocsys cardia ei gilydd, ond ro'n i isio rhoi'r cerdyn yn bersonol i Nia.

Gadawais iddi ei ddarllen o, ac aros am y cerdyn roedd hi wedi'i wneud i MI.

Chwiliodd Nia'n ddyfal yn ei phentwr ac estyn hen gerdyn rhad – un roedd hi wedi bwriadu'i roi i'w ffrind Catrin, oedd yn absennol y diwrnod hwnnw.

Sgriblodd Nia ar draws enw ei ffrind a rhoi fy enw i yn ei le.

Felly, rwyt ti'n gallu gweld pam doedd gen i ddim amynedd efo'r holl lol cyfnewid cardia 'ma ELENI.

Ond neithiwr, mi ges i goblyn o syniad da. Ro'n i'n gorfod gwneud cerdyn ar gyfer pob aelod o'r dosbarth, ond yn hytrach na dweud petha sopi, mi sgwennais i be'n UNION o'n i'n ei feddwl ohonyn nhw.

Y tric oedd peidio â LLOFNODI unrhyw un o'r cardia.

Cwynodd un neu ddau am y cardia wrth Mrs Rowlands, yr athrawes, ac wedyn mi aeth hi o gwmpas y dosbarth i drio darganfod pwy oedd wedi'u gyrru nhw. Ro'n i'n gwybod y basa Mrs Rowlands yn pwyntio bys at yr un fydda DDIM wedi derbyn cerdyn, felly ro'n i wedi gofalu creu cerdyn i MI FY HUN hefyd.

Ar ôl cyfnewid cardia, roedd hi'n amser y Ddawns San Ffolant. Fin nos roedd y ddawns i fod i gael ei chynnal yn wreiddiol, ond mae'n rhaid nad oedd digon o rieni wedi gwirfoddoli i helpu. Felly cafodd y ddawns ei chynnal yn syth ar ôl cinio.

Cafodd pawb eu corlannu fel defaid a'u gyrru i lawr i'r gampfa tua un o'r gloch. Roedd pwy bynnag oedd ddim yn fodlon talu'r tâl mynediad o £2 yn gorfod mynd i ddosbarth Mr Rees i adolygu'n dawel.

Ond buan iawn y dalltodd pawb bod y stafell "adolygu'n dawel" yn debyg iawn i'r Gell Gosb.

Cafodd pawb arall eu hanfon i eistedd ar y meincia yn y gampfa. Dwn i ddim pam, ond roedd yr hogia i gyd ar un ochr i'r gampfa a'r genod ar yr ochr arall. Unwaith roedd pawb wedi setlo dechreuodd yr athrawon chwarae'r gerddoriaeth. Pwy bynnag ddewisodd y caneuon, does ganddyn nhw DDIM CLEM be mae pobl ifanc heddiw yn ei lecio.

Am chwarter awr neu fwy, symudodd neb 'run gewyn. Yna, mi gododd Mr Phillips a Nyrs Powell a mynd i ganol y llawr i ddechra dawnsio.

Dwi'n siŵr eu bod nhw wedi meddwl y basa pawb wedi codi i ddawnsio wrth eu gweld wrthi. Ond y cwbl wnaeth hynny oedd sicrhau bod pen-ôl PAWB yn aros yn SOWND i'r meinciau.

Yn y diwedd, cododd Mrs Meredydd, y brifathrawes, i siarad ar y meicroffon. Roedd yn RHAID i bawb oedd yn eistedd ar y meinciau ddod i ddawnsio, meddai hi, oherwydd ei fod o'n cyfri am 20% o'n marc Add Gorff ni.

Dyna pryd y gwnes i ac un neu ddau o hogia eraill drio sleifio allan o'r gampfa er mwyn mynd i ddosbarth Mr Rees, ond mi gawson ni'n dal gan rai o'r athrawon oedd yn blocio pob drws.

A doedd Mrs Meredydd ddim yn tynnu coes ynglŷn â'r marc Add Gorff chwaith. Roedd hi'n crwydro'r neuadd efo Mr Underwood, yr athro Add Gorff, a hwnnw'n cario'i lyfr marcia efo fo.

Dwi'n agos iawn at fethu Add Gorff yn barod, felly ro'n i'n gwybod y basa'n rhaid i mi ufuddhau. Ond do'n i ddim isio edrych fel ffŵl o flaen y gweddill chwaith. Felly mi wnes i ddyfeisio ffordd o symud y gellir, yn dechnegol, ei alw'n "ddawnsio".

Yn anffodus, sylwodd ambell hogyn heglog arall be o'n i'n ei wneud a dod draw ata i. Mae'n rhaid eu bod nhwtha hefyd yn poeni am eu marciau Add Gorff. A chyn pen dim, roedd 'na dri chlown o 'nghwmpas yn dwyn fy symudiada.

Ro'n i isio symud mor bell ag y gallwn oddi wrthyn nhw, felly mi chwiliais i am rwla arall lle gallwn i fynd i ddawnsio mewn heddwch.

Dyna pryd y gwelais i Heulwen Hills yn dawnsio yr ochr arall i'r gampfa, a chofio'n sydyn pam 'mod i wedi trafferthu dod i'r ddawns yn y lle cynta.

Roedd Heulwen yn dawnsio efo'i ffrindia yng nghanol y llawr, ac mi es i nôl i wneud fy symudiada clyfar, gan gamu'n agosach atyn nhw.

Roedd y genod i gyd wedi heidio at ei gilydd
fel gwenyn rownd pot jam, ac yn dawnsio fel y
dawnswyr proffesiynol 'na sy ar raglenni teledu.

Roedd Heulwen reit yng nghanol y grŵp. Mi
ddawnsiais o gwmpas y cylch am chydig, yn trio dod
o hyd i fwlch i wasgu drwyddo, ond fedrwn i ddim.

O'r diwedd, pan aeth Heulwen i nôl diod, mi ges i
fy nghyfle mawr.

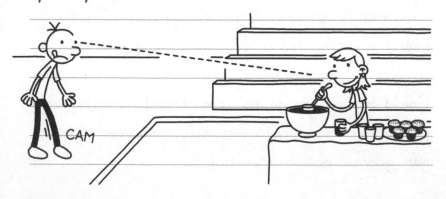

Ond, fel ro'n i ar fin magu digon o blwc i fynd draw at Heulwen i ddechra sgwrs, gwibiodd Ffregli aton ni o NUNLLE.

Roedd 'na friwsion pinc dros wyneb Ffregli, felly mae'n rhaid ei fod o'n heipo ar ôl bwyta'r cacenna San Ffolant. Ac mi lwyddodd o i DDIFETHA'r foment fawr honno oedd i fod rhwng Heulwen a finna.

CYN PEN DIM daeth y ddawns i ben, ac ro'n i wedi colli 'nghyfle i greu argraff arni. Cerddais adra ar fy mhen fy hun. Ro'n i angen chydig o amser i feddwl.

Ar ôl swper, mi ddudodd Mam wrtha i bod 'na gerdyn San Ffolant wedi cyrraedd i mi. "Gan bwy mae o?" holais. "Gan rywun arbennig," atebodd Mam. Mi redais allan i'w nôl o – ro'n i ar bigau'r drain. Er 'mod i'n gobeithio mai gan Heulwen oedd y cerdyn, mae 'na bedair neu bum hogan arall yn yr ysgol y baswn i'n reit falch o dderbyn un ganddyn nhw.

Roedd y cerdyn mewn amlen fawr binc efo f'enw arni hi mewn sgwennu-sownd. Dyma be oedd ynddi hi: darn o gardfwrdd tena efo un da-da ar siâp calon wedi'i ludo'n sownd arno fo. Gan ROLI roedd o.

Dw i'n poeni amdano fo weithia.

BOI
IAWN

MIS MAWRTH

<u>Dydd Sadwrn</u>

Y dydd o'r blaen, daeth Dad o hyd i flanced Mani
ar y soffa. Heb sylweddoli be oedd o, mi daflodd
Dad y Blinci i'r bin.

Byth ers hynny mae Mani wedi bod yn chwilio ym
mhob twll a chornel, ac yn y diwedd roedd yn rhaid i
Dad ddeud wrth Mani ei fod o wedi taflu Blinci i'r bin
ar ddamwain. Felly, ddoe, mi benderfynodd Mani ddial
ar Dad drwy chwarae efo'i fodel o Frwydr y Somme.

Mae Mani wedi bod yn dial ar bawb arall hefyd.
Heddiw ro'n i'n eistedd ar y soffa yn meindio fy
musnes fy hun pan ddaeth Mani ata i a deud –

Dwn i ddim ydy "Plwpi" yn rhyw fath o air budr gan
blant bach ai peidio, ond do'n i ddim yn lecio'i sŵn o.
Mi ofynnais i Mam oedd HI'n gwybod be oedd ei
ystyr o.

Yn anffodus, roedd Mam yn siarad ar y ffôn, a
phan mae hi'n paldaruo efo un o'i ffrindia mae'n
amhosib cael ei sylw hi.

O'r diwedd, mi dawelodd Mam am eiliad, ond roedd hi'n wyllt gacwn 'mod i wedi torri ar ei thraws hi. "Mae Mani wedi 'ngalw i'n 'Plwpi'," medda fi, ac mi waeddodd hitha –

BE YDY PLWPI?

Ro'n i wedi drysu'n lân am eiliad, achos dyna'r union gwestiwn ro'n i isio'i ofyn iddi HI. Doedd gen i ddim ateb, felly aeth Mam yn ôl at ei sgwrs ffôn.

Ar ôl hynny, roedd Mani'n gwybod y basa fo'n cael rhwydd hynt i 'ngalw i'n Plwpi ar unrhyw adeg, a dyna be mae o wedi bod yn ei wneud drwy'r dydd.

SYCHA PEN-ÔL FI, PLWPI!

Mi ddylwn i fod wedi gwybod na fyddai unrhyw ddaioni'n dod o gario clecs i Mam am Mani. Pan oeddwn i a Rodric yn fengach roeddan ni'n arfer cario clecs am y naill a'r llall i Mam o hyd ac o hyd, nes ei gyrru hi o'i cho. Felly mi gyflwynodd hi greadur o'r enw Crwban Clecs i ni er mwyn datrys y broblem.

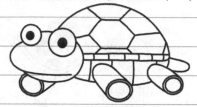

Cafodd Mam y syniad pan oedd hi'n gweithio yn yr ysgol feithrin. Os oedd gen i neu Rodric gŵyn am y naill neu'r llall, y syniad oedd ein bod yn cwyno wrth y Crwban Clecs yn hytrach nag wrth Mam. Wel, roedd Rodric WRTH EI FODD efo'r Crwban Clecs, ond doedd o ddim yn gweithio cystal i mi.

Y Pasg

Yn y car ar y ffordd i'r eglwys bora 'ma, ges i ryw deimlad 'mod i'n eistedd ar rywbeth stici. A phan ddois i allan o'r car a chael cip ar gefn fy nhrowsus, roedd o'n DRYBOLA o siocled.

Roedd Mani wedi dod ag un o'i wya Pasg efo fo yn y car, ac mae'n rhaid 'mod i wedi eistedd ar ddarn ohono fo.

Roedd Mam yn trio'n hysio ni i gyd i mewn i'r eglwys, ond mi ddudis i wrthi nad o'n i'n BENDANT yn mynd i gerdded i mewn efo'r ffasiwn olwg ar fy nhrowsus.

Ro'n i'n gwybod bod Heulwen Hills a'i theulu'n siŵr o fod yno'n barod, a do'n i ddim isio iddi hi ddechra meddwl 'mod i wedi cael damwain ddrewllyd.

Mi ddudodd Mam nad oedd colli Gwasanaeth y Pasg yn opsiwn, a fanna fuon ni am sbel yn dadla fel ci a chath. Yna, mi ddudodd Rodric fod ganddo FO ateb i'r broblem.

GEITH O WISGO 'NHROWSUS I!

Roedd Rodric yn gwybod bod Gwasanaeth y Pasg yn para am dros ddwy awr, felly roedd o'n chwilio am unrhyw esgus i'w osgoi. Ond ar yr eiliad honno, pwy ddaeth i mewn i'r maes parcio ond bòs Dad a'i deulu.

PASG HAPUS I BAWB!

BÎP!

Cafodd Rodric ei siarsio gan Mam i wisgo'i drowsus eto, ac wedyn mi dynnodd hi ei siwmper er mwyn i mi ei chlymu o gwmpas fy nghanol.

Dwi'm yn gwybod be oedd waethaf: gwisgo fy nhrowsus gora yn drybola o siocled, neu wisgo siwmper binc Mam fel cilt amdana i.

Roedd yr eglwys yn llawn dop. Roedd yr unig seddi gwag reit yn y blaen yn ymyl Yncl Joe a'i deulu, felly mi eisteddon ni yn fanno.

Wrth sbecian o 'nghwmpas, mi welais Heulwen Hills a'i theulu'n eistedd dair rhes y tu ôl i ni. Diolch byth, dwi ddim yn credu ei bod hi'n medru gweld be o'n i'n ei wisgo o 'nghanol i lawr.

Pan ddechreuodd yr organ chwarae, mi gododd Yncl Joe a gafael yn fy llaw i a llaw ei wraig, a dechra canu.

Mi driais dynnu fy llaw yn ôl fwy nag unwaith, ond roedd Yncl Joe yn gafael ynddi fel gelan. Dim ond am rhyw funud barodd y gân, ond i mi roedd hi'n teimlo'n ddiddiwedd.

Ar ôl i ni orffen canu, mi drois i rownd at y bobl oedd y tu ôl i ni, pwyntio at Yncl Joe a gwneud arwydd "dio'm yn gall" fel bod pawb yn gwybod mai dan brotest ro'n i wedi gafael yn ei law o.

Tua hanner ffordd drwy'r gwasanaeth, daeth y blwch casgliad o gwmpas er mwyn i'r gynulleidfa gyfrannu pres i helpu pobl anghenus.

Gan nad oedd gen i bres, mi ofynnais i Mam am bumpunt. Pan ddaeth y blwch casgliad ata i, mi wnes i dipyn o ffỳs wrth roi'r papur pumpunt i mewn er mwyn gwneud yn siŵr bod Heulwen yn gweld boi mor hael ydw i.

Ond y funud nesa mi sylweddolais mai papur UGAIN PUNT roddodd Mam i mi, nid papur pumpunt. Mi wnes i 'ngora i'w gael o'n ôl, ond roedd hi'n rhy hwyr.

Gobeithio 'mod i wedi cael seren aur gan Dduw ar ôl y cyfraniad YNA.

Maen nhw'n deud y dylech chi wneud cymwynas yn y
dirgel, heb ddisgwyl diolch, ond dydy hynny'n
gwneud dim synnwyr i MI.

Taswn i'n gwneud cymwynasau heb dynnu sylw ata i
fy hun, mi faswn i'n siŵr o ddifaru.

Fel dudis i, mae Gwasanaeth y Pasg yn un hir
IAWN. Roedd y caneuon yn para rhyw bum munud
yr un, ac ro'n i wedi dechra chwilio am ffyrdd i
'niddanu fy hun.

Pan mae Rodric wedi diflasu, mae o'n diddanu'i hun trwy bigo'r grachen ar gefn ei law. Dydy hi byth yn cael cyfle i fendio, felly. Dydy hynny ddim yn apelio ata i, rywsut.

Mae Mani WRTH EI FODD yn yr eglwys. Mae Mam a Dad yn gadael iddo fo ddod â phob math o deganau i'w gadw'n ddiddig. A choelia di fi, do'n i byth yn cael dod ag unrhyw beth efo fi pan o'n i ei oed o.

Mae Mam a Dad WASTAD yn difetha Mani, a dyma i ti enghraifft arall. Un amser cinio yn yr ysgol feithrin wythnos dwytha, pan agorodd Mani ei becyn bwyd, mi welodd fod ei frechdana wedi'u torri yn eu HANNER yn hytrach nag mewn CHWARTERI fel mae o'n ei lecio.

Mi gafodd Mani glamp o stranc, ac roedd yn rhaid i'r athrawes ffonio Mam. Gadawodd Mam ei gwaith a gyrru'r holl ffordd draw i'r ysgol feithrin dim ond i dorri'r frechdan yn chwarteri.

Wrth feddwl am hyn yn yr eglwys, mi ges i syniad. Mi es i'n agosach at Mani a sibrwd –

Wel, mi aeth Mani'n BANANAS.

Dechreuodd FEICHIO CRIO, a throdd pawb yn yr eglwys i edrych arnon ni. Mi gaeodd y ficer ei geg hyd yn oed, er mwyn gweld be oedd yn digwydd.

Allai Mam ddim tawelu Mani, felly roedd yn rhaid i ni adael. Ond yn hytrach na mynd allan drwy un o'r drysau ochr, mi gerddon ni'n syth i lawr y canol.

Mi driais i ymddangos mor cŵl ag oedd modd wrth basio heibio sedd teulu'r Hills, ond roedd hynny'n anodd iawn, ac ystyried yr amgylchiadau.

Yr unig berson oedd â mwy o gywilydd na fi oedd Dad. Er iddo fo drio cuddio'i wyneb y tu ôl i'r llyfr emynau, roedd ei fòs eisoes wedi'i weld ac yn codi bawd arno.

113

<u>Dydd Mercher</u>
Mae gofyn troedio'n ofalus yn tŷ ni ar hyn o bryd.
Mae 'na lot o densiwn yn yr aer. Yn gyntaf, roedd
Mam yn gandryll efo fi am alw Mani yn "Plwpi",
felly mi wnes i ei hatgoffa nad oedd ots ganddi
pan ddudodd MANI'r gair. Felly mae Mam wedi
gwahardd pawb rhag defnyddio'r gair, a bydd
unrhyw un sy'n gwneud yn cael ei gosbi am wythnos.
Ond, wrth gwrs, mi ddaeth Rodric o hyd i ffordd
o dorri'r gwaharddiad.

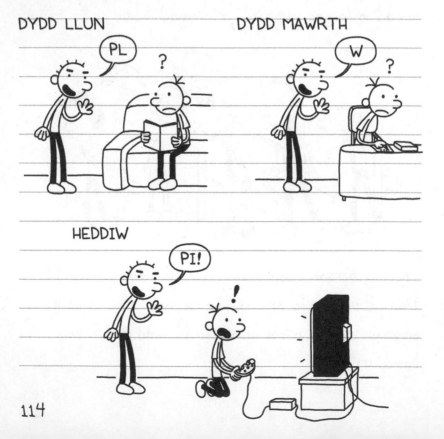

114

Nid dyma'r tro CYNTA i Mam ein gwahardd ni rhag deud ambell air o gwmpas y tŷ. Ychydig amser yn ôl mi greodd y rheol "dim rhegi" gan fod Mani wastad yn ailadrodd geiria roedd o'n eu clywed.

Bob tro y byddai rhywun yn deud gair budr o flaen Mani, roedden nhw'n gorfod rhoi punt yn y "Jar Rhegi". Felly roedd Mani'n gwneud ei ffortiwn allan o Rodric a finna.

Ond wedyn, dechreuodd Mam wahardd geiria fel "twpsyn" a "sglyfath" a phetha felly.

Rhag colli'n holl bres, mi aeth Rodric a fi ati i feddwl am eiria mewn cod oedd yn golygu'r un peth â'r geiria "drwg", ac rydan ni'n dal i'w defnyddio nhw hyd heddiw.

Bob hyn a hyn, dwi'n drysu efo'r cod ac yn deud petha twp. Heddiw, yn yr ysgol, mi boerodd Dei Nester ddarn o gwm cnoi i 'ngwallt i. Fues i'n tantro ac yn gweiddi pob math o enwa arno fo, ond dwi'm yn meddwl bod Dei wedi dallt gair. ?

Peth arall sy wedi newid ers y Pasg ydy bod Dad yn swnian arna i a Rodric drwy'r amser. Mae'n siŵr bod ganddo fo gywilydd o'r argraff rydan ni'n ei roi i Mr Warren, ei fòs o.

Mae Dad wedi gorfodi Rodric i ymuno â dosbarth nos adolygu, a dwi'n gorfod chwarae pêl-droed 5-bob-ochr.

Heno roedd y treialon pêl-droed. Trefnwyd y plant mewn rhesi ar gyfer "prawf sgiliau" efo pawb yn gorfod driblo'r bêl rhwng conau, ymysg petha eraill.

Mi wnes fy ngora, a chael y label "dechreuwr elfennol," sef cod gan oedolion sy'n golygu "ti'n anobeithiol".

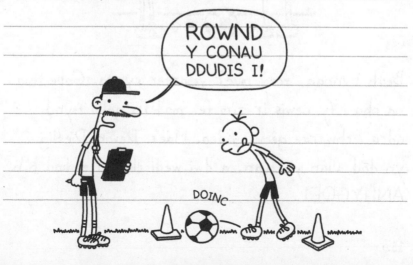

Ar ôl y prawf sgilia, cawson ni'n rhannu'n dimau.
Ro'n i'n gobeithio y basa fy hyfforddwr i'n un
hwyliog, un fyddai ddim yn cymryd pethau'n ormod
o ddifri, fel Mr Proctor neu Mr Gibb. Ond mi ges
i'r gwaethaf o'r cwbl lot – Mr Lloyd.

Mae o'n union fel sarjant mêjor ac yn hoff o weiddi
drwy'r amser. Mr Lloyd oedd hyfforddwr Rodric
erstalwm, a dyna pam dydy Rodric ddim yn gwneud
chwaraeon erbyn hyn.

Beth bynnag, fory mae'r ymarfer cynta. Gobeithio
na cha i fy newis i'r tîm fel 'mod i'n gallu mynd
adra i chwarae gêmau fideo. Mae'r Dewin Dieflig 2
yn dod allan yn fuan, a dwi wedi clywed ei bod hi'n
ANHYGOEL.

<u>Dydd Iau</u>

Mi ges i fy rhoi mewn tîm efo criw o hogia diarth. Y peth cynta wnaeth Mr Lloyd oedd dosbarthu'r cit, a gofyn i ni feddwl am enw i'r tîm.

Awgrymais i'r enw "Dewiniaid Dieflig", yn y gobaith o gael nawdd gan y cwmni sy'n cynhyrchu'r gêm.

Ond doedd neb yn hoffi fy syniad i. Mi ddudodd un hogyn y dylen ni alw'r tîm yn "Y Sgarlets", sy'n syniad cwbl hurt. I ddechra, tîm RYGBI ydy'r Sgarlets, ac yn ail, GLAS ydy'n cit ni.

Ond wrth gwrs, roedd pawb arall yn meddwl ei fod o'n syniad GWYCH, a dyna'r enw ddewiswyd. Ond wedyn mi ddudodd Mr Bowen, yr is-hyfforddwr, ei fod o'n poeni y gallen ni gael ein siwio tasan ni'n cadw'r enw.

Dwi'n siŵr bod gan bobl betha gwell i'w gwneud na siwio tima pêl-droed plant ysgol, ond doedd 'na neb yn fodlon gwrando arna i.

Felly, ar ôl pleidlais, enw'r tîm oedd "Y SgarLAID", a doedd dim troi 'nôl i fod.

Dechreuodd yr ymarfer. Roedd Mr Lloyd a Mr Bowen yn ein gorfodi i redeg sawl gwaith o gwmpas y cae a gwneud ymarferion cwbl hurt. Rhwng pyliau o sbrintio, ro'n i'n cael hoe yn ymyl y peiriant dŵr efo'r unig ddau hogyn arall oedd yn "Ddechreuwyr Elfennol". A phan oeddan ni'n ara'n dod 'nôl i'r cae, mi fyddai Mr Lloyd yn gweiddi –

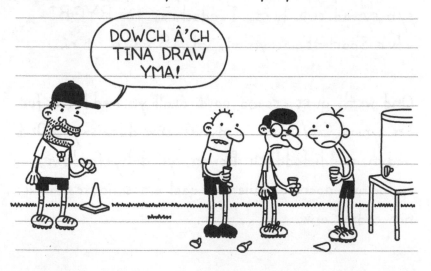

DOWCH Â'CH TINA DRAW YMA!

Felly mi benderfynais i a'r hogia eraill – pan fyddai
Mr Lloyd yn gweiddi hynna eto – y basa hi'n andros
o hwyl rhedeg ato fo efo'n penolau'n pwyntio tuag
ato fo.

Felly pan waeddodd Mr Lloyd arnon ni i ddod â'n
tina ato fo, mi redais efo 'mhen-ôl i wedi'i bwyntio
tuag ato fo. Ond DIM OND FI wnaeth.

Doedd Mr Lloyd ddim yn hoffi'r jôc, ac mi ges i
'ngorfodi i redeg dair gwaith eto o gwmpas y cae.

Pan ddaeth Dad i fy nôl i ar ddiwedd yr ymarfer, mi
ddudis i wrtho fo nad oedd y pêl-droed yn syniad da,
ac y dylai o ystyried gadael i mi roi'r gora iddo fo.

Ond roedd Dad yn gandryll –

DOES 'RUN MAB I MI'N CAEL BOD YN FETHIANT!

Sy ddim yn wir o gwbl, achos mae Rodric yn fethiant LLWYR. A dydy Mani a fi ddim yn bell ar ei ôl o, chwaith.

Ond mi sylweddolais i'n go gyflym bod yn rhaid i mi feddwl am ffordd wahanol o gael Dad i adael i mi roi'r gora i'r pêl-droed 'ma.

Dydd Gwener

Ers i mi ddechra chwarae pêl-droed dwi wedi bod yn baeddu dwywaith cymaint o ddillad. Does gen i ddim dillad glân ers sbel, felly dwi wedi bod yn ail- a thrydydd-wisgo pob dilledyn yn y pentwr dillad budr. Ond mi sylweddolais i heddiw bod ailgylchu dillad yn gallu bod yn beryglus.

Wrth i mi basio dwy hogan wrth y loceri heddiw, mi ddisgynnodd trôns budr allan o goes fy nhrowsus i. Mi gerddais ymlaen gan obeithio y basa'r genod yn meddwl mai trôns rhywun arall oedd o.

Ond mi dalais am y penderfyniad gwael IAWN hwnnw'n nes 'mlaen yn y dydd.

Bydd yn rhaid i mi ddysgu sut i olchi fy nillad fy hun yn reit handi, achos does gen i ddim llawer o ddillad ar ôl. Fory, rhaid i mi wisgo crys-T ges i'n bresant o briodas gynta Yncl Gari, a dwi wir ddim isio'i wisgo fo.

Gari a Linda

Cariad Pur Fel Dur

Roedd fy nghalon yn fy sodla wrth gerdded adra o'r ysgol heddiw, ond yna mi ges i newyddion da. Soniodd Roli bod un o'i ffrindia o'r dosbarth karate yn cael parti pyjamas y penwythnos yma, ac mi ges i gynnig mynd efo fo.

Ro'n i ar fin gwrthod pan roddodd Roli fwy o
fanylion am y parti a wnaeth i mi newid fy meddwl.
Mae'r hogyn sy'n cael y parti yn byw ar Stryd
Hudol, lle mae Heulwen Hills yn byw.

Amser cinio heddiw, mi glywis i griw o genod yn sôn
bod HEULWEN hefyd yn cael parti pyjamas nos
Sadwrn, felly falla mai hwn ydy 'nghyfle MAWR i.

Yn ystod yr ymarfer pêl-droed heno mi gafodd pawb wybod ym mha safle y byddwn ni'n chwarae yn ein gêm gyntaf ddydd Sul.

Fi fydd y "Casglwr", meddai Mr Lloyd, ac mae hynny'n swnio'n grêt i mi. Felly pan gyrhaeddais i adra, ro'n i'n barod i frolio wrth Rodric.

Ro'n i'n meddwl y basa Rodric wedi synnu, ond chwerthin wnaeth o. Esboniodd nad ydy "Casglwr" yn safle go iawn – 'mond rhywun sy'n rhedeg i nôl y bêl pan fydd hi'n cael ei chicio o'r cae. Estynnodd lyfr sy'n cynnwys rheola pêl-droed i gael dangos yr holl safleoedd posib, ac yn wir i chi doedd 'na ddim "Casglwr" yno.

Mae Rodric yn tynnu 'nghoes i drwy'r amser, felly dwi am aros tan ddydd Sul i weld ydy o'n deud y gwir ai peidio.

Dydd Sul

Dwi byth yn mynd i barti pyjamas efo Roli eto, iawn?

Mi ges i a Roli lifft gan Mam i dŷ ffrind Roli bnawn ddoe. Y cliw cynta i ddangos bod rhwbath o'i le oedd sylwi bod y plant eraill i gyd dan 6 oed.

Yr ail gliw oedd sylwi bod pawb arall yn gwisgo siwt karate.

Yr unig reswm dros fynd i'r parti 'ma oedd er mwyn i ni fedru sleifio i barti Heulwen. Ond roedd gan ffrindia Roli fwy o ddiddordeb yn rhaglenni "Cyw" nag mewn genod.

Y cwbl roedd y plantos bach 'ma isio'i wneud oedd chwarae gêmau parti babïaidd, fel Mwgwd y Dall. Mi faswn i wedi gallu bod yn chwarae Troelli'r Botel efo Heulwen Hills, ond yn lle hynny ro'n i'n gorfod treulio'r noson yn trio cuddio rhag plant bach blwyddyn 2 yn teimlo'u ffordd o gwmpas y stafell.

Mi fuodd Roli a'i ffrindia'n chwarae gêmau eraill hefyd, fel Tic a Twister.

Pan awgrymodd rhywun y gallen ni chwarae gêm o'r enw "Tafod Pwy?" mi wnes i fesgusodi fy hun a mynd i'r stafell wely.

Mi wnes i drio ffonio Mam i ddod i fy nôl i, ond roedd hi a Dad wedi mynd allan i rywle. Felly doedd gen i ddim dewis ond aros yno drwy'r nos.

Tua 9:30 mi benderfynais fynd i gysgu er mwyn i'r bora gyrraedd yn gynt. Ond pan ddaeth y gweddill i mewn i'r stafell wely mi gawson nhw ffeit gobennydd. A chreda di fi, dydy hi ddim yn hawdd mynd i gysgu pan mae plant bach chwyslyd yn glanio arnat ti.

Ymhen hir a hwyr, mi ddaeth mam yr hogyn i ddeud wrth bawb am fynd i gysgu.

Hyd yn oed ar ôl i'r golau gael ei ddiffodd roedd Roli a'i ffrindia'n dal yn effro, yn siarad a chwerthin. Rhaid eu bod nhw'n meddwl 'mod i'n cysgu, achos mi benderfynon nhw chwarae'r tric rhoi-llaw-mewn-powlen-o-ddŵr-cynnes arna i.

Wel, digon oedd DIGON. Mi es i lawr y grisia er mwyn cysgu ar lawr y gegin, er ei bod hi'n dywyll fel bol buwch yno a finna'n methu dod o hyd i swits y golau. Ro'n i wedi gadael fy sach gysgu yn y stafell wely, oedd yn gamgymeriad achos ro'n i'n RHEWI yn y gegin.

Ond doedd gen i ddim awydd mynd 'nôl i fyny'r grisia i gasglu fy stwff. Felly mi gyrliais yn belen er mwyn trio cadw'n gynnes a goroesi tan y bora.

Hon oedd noson hiraf fy mywyd i. Erioed.

Ar doriad gwawr, mi welais pam ei bod hi mor oer yn y gegin. Ro'n i'n cysgu nesa at y drws gwydr ac roedd rhyw ffŵl wedi anghofio'i gau o'n iawn y noson cynt.

Ro'n i'n cicio'n hun – taswn i ond wedi sylweddoli neithiwr, bod gen i ffordd o ddianc, mi faswn i'n BENDANT wedi mynd.

Pan gyrhaeddais i adra bora 'ma, es i'n syth i 'ngwely i gysgu. Ond wedyn mi ddeffrodd Dad fi i ddeud ei bod hi'n amser mynd i'r gêm bêl-droed.

Wel, roedd Rodric yn iawn ynghylch y Casglwr.
Mi dreuliais y gêm gyfa'n nôl y bêl o'r drain a'r mieri
– a chreda di fi, doedd 'na fawr o hwyl yn hynny.

Ein tîm ni enillodd y gêm, ac roeddan ni'n mynd i
gael dathliad wedyn. Ond, yn anffodus, doedd Dad
ddim yn gallu aros amdana i, felly mi ofynnodd i
Mr Lloyd roi lifft adra i mi.

Mi fasa'n dda gen i tasa Dad wedi gofyn i MI os
o'n i'n hapus efo'r syniad yna, achos mi fasa'n well
gen i fod wedi mynd adra efo fo.

Ond ro'n i jest â llwgu ar ôl bod yn tyrchu am y bêl yng nghanol y gwrych drwy'r bora, felly mi benderfynais fynd efo gweddill y tîm.

Aethon ni i fwyty bwyd-ar-frys ac mi archebais ugain darn o nygets cyw iâr. Pan ddois i 'nôl at y bwrdd ar ôl bod yn y tŷ bach, doedd 'na'm golwg o 'mwyd i yn unman. Ond wedyn mi agorodd Emrys Bevan ei ddwylo mawr chwyslyd a dympio fy mwyd i 'nôl ar y bwrdd.

A dyna i ti pam nad ydw i'n hoff o chwaraeon tîm.

Ar ôl cinio es i, Cen Roberts ac Emrys i mewn i gar Mr Lloyd. Eisteddodd Cen ac Emrys yn y cefn a finna yn y tu blaen.

Mi fuon ni'n aros am hydoedd gan fod Mr Lloyd yn eistedd ar fonet ei gar yn siarad fel melin bupur efo Mr Bowen. Ar ôl aros ac aros, mi ymestynnodd Cen o'r cefn a chanu'r corn am chydig eiliada.

BIIIIB

Mi neidiodd Cen yn ôl i'w sedd, a phan drodd Mr Lloyd o gwmpas roedd o'n credu mai FI oedd wedi canu'r corn.

Syllodd Mr Lloyd yn flin arna i cyn troi rownd a chario 'mlaen i siarad efo'i is-hyfforddwr am hanner awr arall.

Mi stopion ni bump o weithia ar y ffordd adra gan fod gan Mr Lloyd betha i'w gwneud. Ac mi gymerodd o 'i amser hefyd.

A dyma be sy'n hurt: roedd Cen ac Emrys yn flin efo FI am eu bod nhw'n hwyr yn cyrraedd adra. A dyna ddangos i ti pa mor dwp ydy'r ddau yna.

Fi oedd yr ola i gael ei ddanfon adra gan Mr Lloyd. Ar y ffordd i fyny'r allt mi welais fod y Snichod allan o flaen eu tŷ yn trio ffilmio clipiau i'w hanfon i'r rhaglen "Teuluoedd Doniolaf Cymru".

Mae'n rhaid eu bod nhw wedi blino aros tan ben-blwydd Seth yn hanner oed.

Dydd Iau

Ebrill y 1af heddiw. A dyma sut dechreuodd fy niwrnod i –

Does dim modd LLUSGO Rodric o'i wely cyn 8 o'r gloch fel arfer. Ond ar Ebrill y 1af, mae Rodric yn codi'n gynnar er mwyn chwarae'i hen dricia gwirion. Mae gwir angen i rywun esbonio i Rodric be sy'n cael ei dderbyn fel jôc a be sydd ddim, gan fod pob un o'i jôcs o'n achosi anaf i mi mewn rhyw ffordd. Llynedd, mi fetiodd Rodric 50c efo fi na faswn i'n gallu clymu carrai fy sgidia tra 'mod i'n dal i sefyll. Ac mi lyncais i'r her YN LLWYR.

Pan es i'r tŷ i ddeud wrth Dad bod Rodric wedi fy
saethu yn fy mhen-ôl efo gwn peli-paent, y cyfan
whaeth o oedd deud wrth Rodric am dalu'r 50c i mi
gan mai fi oedd wedi ennill y bet.

Estynnodd Rodric y pres o'i boced a'i daflu ar
lawr. Ond do'n i'n amlwg heb ddysgu fy ngwers –
mi saethodd fi eto wrth i mi blygu i godi'r pres.

Ond mae 'na fwy o ôl cynllunio ar fy jôcs I.
Mi chwaraeais goblyn o jôc dda ar Roli llynedd.
Yn nhŷ bach y sinema oedden ni, ac mi lwyddais i'w
berswadio fo mai athletwr enwog oedd y boi oedd
yn sefyll yno'n pi-pi.

Felly mi aeth Roli ato fo i ofyn am ei lofnod.

Heddiw, mi chwaraeodd fy ffrindia a fi andros o jôc
dda ar Ben Bach.

Mi benderfynon ni y basa gwneud i Ben feddwl ei
fod o'n colli'i glyw yn beth digri dros ben. Felly
roedden ni i gyd yn siarad yn dawel-dawel bob tro
roedd o'n agos.

Ond roedd Ben yn ddigon craff ac mi aeth o'n syth at athro i roi stop ar y jôc cyn i betha fynd yn rhemp. Mae'n siŵr ei fod o'n cofio'r jôc Ble Mae Ben? ers llynedd.

<u>Dydd Gwener</u>
Cafodd ein hail gêm bêl-droed ni ei chwarae heno. Roedd 'na oedolyn wedi gwirfoddoli i fod yn Gasglwr, felly mi ges i eistedd ar y fainc drwy'r gêm gyfan.

Ond roedd hi'n ANDROS o oer. Mi ofynnais i Dad gawn i nôl fy nghôt o'r car, ond mi wrthododd o.

Mi ddudodd Dad fod angen i mi fod yn barod rhag ofn i'r hyfforddwr roi cyfle i mi gael gêm, a bod yn rhaid i mi fod yn fwy tŷff.

Ro'n i isio deud wrth Dad mai'r unig bryd roedd Mr Lloyd yn fy ngalw i'r cae oedd i glirio'r holl groen oren ar hanner amser. Ond mi lwyddais i frathu 'nhafod a chanolbwyntio ar rwystro fy sanna rhag rhewi'n sownd i 'nghoesa i.

Bob tro roedd Mr Lloyd yn galw'r tîm at ei gilydd, roedd Dad yn fy ngorfodi i fynd yno atyn nhw. Welaist ti gêm ar y teledu erioed a meddwl tybed be sy'n mynd drwy feddwl yr eilyddion wrth iddyn nhw wrando ar yr hyfforddwr yn esbonio tactegau'r gêm?

Wel, mi ddeuda i wrthat ti o brofiad.

Ar ôl i'r haul ddiflannu, mi drodd hi'n GYTHREULIG o oer. A deud y gwir, roedd hi mor oer nes i Meirion Collins a Mathew Gonzales fynd i nôl SACHAU CYSGU o gar tad Meirion.

Ac roedd Dad yn DAL i wrthod gadael i mi nôl fy nghôt.

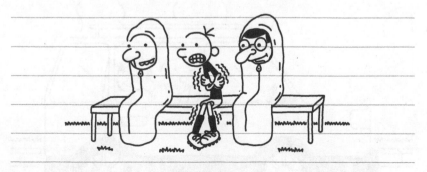

Pan gafodd un o'r tîm arall ei anafu, mi alwodd Mr Lloyd ein tîm ni at ei gilydd. Cymerodd un cipolwg ar Meirion a Mathew, a'u hanfon i eistedd yng nghar tad Meirion am weddill y gêm.

HOP
HOP

HOP
HOP

Felly mi gafodd y ddau eistedd mewn car cynnes clyd tra o'n i'n dal i rewi ar fainc fetel oer yn fy siorts. Ac mae teulu Meirion MOR swanc, mae ganddyn nhw chwaraewr DVD yn y car. Ddim yn deg!

<u>Dydd Llun</u>

Mae'n RHAID i mi roi trefn ar olchi 'nillad yn fuan.
Does gen i ddim trôns glân i'w wisgo ers tridiau
bellach, felly dwi wedi bod yn gwisgo fy nhrôns nofio.

Heddiw, wrth newid ar gyfer y wers Add Gorff,
ro'n i wedi llwyr anghofio 'mod i'n gwisgo trôns nofio
o dan fy nhrowsus.

Ond mi alla petha fod wedi bod yn WAETH.
Mae gen i drôns Wonder Woman pinc newydd sbon,
a bora 'ma mi ges i fy nhemtio i'w wisgo fo, jest am
ei fod o'n lân.

Cofia, wnes i erioed OFYN am drôns Wonder
Woman pinc. Ar fy mhen-blwydd yr haf
diwetha, mi ofynnodd rhai aeloda diddychymyg
o'r teulu i Mam be faswn i'n ei hoffi'n bresant.
Dillad, medda hi.

Presant gan Yncl Charlie oedd y trôns pinc.

Roedd 'na gêm bêl-droed arall ar ôl ysgol heddiw,
ond mae hi wedi cynhesu rhywfaint erbyn hyn, a
do'n i ddim yn poeni am yr oerfel.

Heddiw yn yr ysgol ro'n i, Meirion a Mathew wedi
cytuno i ddod â gêmau fideo efo ni, ac am y tro
cyntaf mi wnaethon ni FWYNHAU'r gêm bêl-droed.

Ond pharodd hynny ddim yn hir. Ar ôl ugain munud o'r gêm mi alwodd Mr Lloyd y tri ohonon ni i'r cae.

COLLINS!
HEFFLEY!
GONZALES!

Mae'n debyg bod rhyw riant wedi cwyno bod ei blentyn o ddim yn cael gêm, felly mae'r Gynghrair 5-bob-ochr wedi creu rheol bod POB plentyn yn cael chwarae rywbryd yn ystod y gêm.

Wel, doedd 'run ohonon ni wedi cymryd sylw o'r gêm, felly pan aethon ni ar y cae doedd gan 'run ohonon ni'r syniad lleia be i'w wneud.

Mi gawson ni wybod ei bod hi'n "gic rydd" i'r tîm arall, a'n bod ni i fod i sefyll ochr yn ochr er mwyn creu wal i rwystro'r bêl.

Ro'n i'n credu mai tynnu coes oedd yr hogia, ond roeddan nhw'n deud y gwir. Roedd angen i Meirion, Mathew a fi sefyll mewn rhes o flaen y gôl. Chwythodd y dyfarnwr ei chwiban ac mi redodd hogyn o'r tîm arall at y bêl a'i chicio hi'n syth tuag aton ni.

Wnaethon ni ddim job dda o warchod y gôl. Mi lwyddodd y tîm arall i sgorio.

Ar y cyfle cynta, mi dynnodd Mr Lloyd ni oddi ar y cae. Ac mi waeddodd arnon ni am beidio â sefyll yn stond i rwystro'r bêl.

Ond os oes rhaid dewis rhwng gwrando ar Mr Lloyd yn gweiddi neu gael swadan yn fy wyneb gan y bêl, dwi'n gwybod be faswn i'n ei ddewis bob tro.

<u>Dydd Iau</u>

Ar ôl y gêm yr wythnos ddwytha mi ofynnais i Mr Lloyd faswn i'n cael bod yn gôl-geidwad wrth-gefn i'r tîm. Ac mi gytunodd o.

Roedd hwn yn syniad campus, am fwy nag un rheswm. Yn gyntaf, dydy'r gôli ddim yn gorfod rhedeg o gwmpas y cae yn ystod yr ymarferion – dim ond ymarfer sgiliau efo'r is-hyfforddwr.

Yn ail, mae'r gôli'n gwisgo cit gwahanol i weddill aelodau'r tîm, felly fydd Mr Lloyd ddim yn gallu fy ngalw i'r cae pan fydd angen creu wal ar gyfer cicia rhydd.

148

Ein gôli ni, Tudwal Fox, ydy seren y tîm, felly ro'n i'n ffyddiog na fasa'n rhaid i mi byth chwarae. A deud y gwir, roedd y gêmau dwytha'n HWYL. Ond heno, mi ges i brofiad erchyll. Cafodd Tudwal anaf i'w law wrth ddeifio i arbed y bêl, ac roedd yn rhaid iddo fo ddod oddi ar y cae. Ac felly roedd yn rhaid i MI fynd i'r gôl.

Wel, roedd Dad wedi cynhyrfu'n LÂN 'mod i'n cael chwarae gêm go iawn o'r diwedd, ac mi safodd reit yn ymyl y gôl er mwyn cynnig cyngor ac anogaeth i mi. Ond roedd ei gyngor o'n ofer gan i aelodau'n tîm ni gadw'r bêl ym mhen pella'r cae am weddill y gêm. Ches i ddim cyffwrdd y bêl UNWAITH.

COFIA BLYGU
DY BEN-GLINIA,
GREG!

Ro'n i'n gwybod be oedd ar feddwl Dad.

Pan o'n i'n arfer chwarae pêl-fas erstalwm, ro'n i'n methu canolbwyntio am gyfnod hir. Felly roedd Dad isio gwneud yn siŵr fod fy meddwl i ddim yn crwydro.

Rhaid i mi gyfadda, llawn cystal bod Dad yno heno, yn cynnig ei gyngor.

Roedd 'na FILIYNA o floda dant y llew ar y cae, ac yn ystod yr ail hanner roedd fy meddwl yn dechra crwydro.

<u>Dydd Llun</u>

Er ein bod ni wedi cael gêm arall ddoe, doedd Dad ddim yno'n gwylio, diolch byth. Mi gollon ni gêm gynta y tymor yma, 1-0. Rywsut, aeth y bêl heibio i mi yn ystod yr eiliada olaf. Y tîm arall enillodd y gêm, gan ddifetha'n record ni.

Ar ôl y gêm roedd ein tîm ni mewn hwylia gwael, felly mi rois i gynnig ar godi'u calonna nhw.

'MOND HEN GÊM WIRION YDI HI, YNDÊ HOGIA?

A pha ddiolch ges i? Cael fy mheltio efo croen oren gan bawb.

Ar ôl cyrraedd adra roedd gen i chydig o ofn deud canlyniad y gêm wrth Dad.

Roedd o braidd yn siomedig ar y dechra, ond mi ddaeth o dros hynny'n bur sydyn.

Ond pan gyrhaeddodd Dad adra heno, roedd croen ei din ar ei dalcen. Mi daflodd y papur newydd o 'mlaen i, a dyma'r llun oedd ar y dudalen chwaraeon –

Wedi Mynd Efo'r Gwynt

Dyma golwr y Sgarlaid, Greg Heffley, yn cymryd hoe wrth i ergyd 50 llath gan Jac Elis o dîm y Cŵn Cythreulig groesi'r llinell. Chwalwyd record ddiguro'r Sgarlaid am eleni.

Mae'n debyg bod bòs Dad wedi dangos y papur iddo
fo yn y gwaith.

Iawn, falla y dylwn i fod wedi rhoi MWY o
fanylion am y gêm i Dad.

Ond, er tegwch i mi, do'n i ddim wir yn gwbod be
oedd wedi digwydd nes i mi ddarllen yr hanes yn
y papur.

Ddudodd Dad ddim bw na be wrtha i am weddill
y noson. Gobeithio y bydd o'n madda i mi'n fuan.
Mae gêm fideo Dewin Dieflig 2 yn y siopau heddiw,
a dwi'n gobeithio medru gwasgu pres o groen Dad
er mwyn ei phrynu hi.

<u>Dydd Gwener</u>
Heno, ar ôl swper, mi aeth Dad â Rodric a fi i'r
sinema. Nid trio bod yn neis oedd o, ond chwilio am
esgus i fynd allan o'r tŷ.

Wyt ti'n cofio i mi sôn bod Mam wedi penderfynu
cadw'n heini chydig fisoedd yn ôl? Wel, 'mond
diwrnod barodd hynna! Roedd Dad wedi tynnu
llun ohoni hi yn ei gêr i gyd, yn barod i fynd i'w
dosbarth aerobeg. Heddiw, mi gyrhaeddodd y llunia.

Roedd o wedi cael ail gopi o'r llunia hefyd, ac fel
jôc mi sgwennodd gapsiyna arnyn nhw a'u rhoi ar
ddrws yr oergell.

154

Roedd Dad yn meddwl bod y peth yn ddoniol iawn, ond doedd Mam ddim yn gallu gweld y jôc.

Felly, mae'n debyg fod Dad yn meddwl y basa'n well iddo fo gadw'n ddigon pell o ffordd Mam heno.

Aethon ni i'r sinema sy newydd agor yn y dre. Ar ôl prynu'r tocynna aethon ni i mewn a'u dangos i'r boi wrth y drws – hogyn ifanc efo gwallt cwta. Wnes i mo'i nabod o i ddechra, ond roedd Dad wedi'i nabod o'n syth.

Mi edrychais ar fathodyn enw'r hogyn, a do'n i ddim yn gallu credu'r peth. LENI HEATH oedd o, yr hogyn oedd yn arfer byw yn ein stryd ni. Arch-elyn Dad. Gwallt hir oedd ganddo fo bryd hynny, ac roedd o wrthi'n rhoi bin rhywun ar dân. Ond rŵan, dyma fo, yn edrych fel tasa fo wedi bod yn y fyddin.

Roedd Dad WRTH EI FODD efo'r newid ynddo fo,
ac mi ddechreuodd y ddau sgwrsio'n brysur.

Mi ddudodd Leni ei fod o'n dilyn cwrs yn Ysgol
Filwrol y Dryslwyn ac yn gweithio yn y sinema dros
wyliau'r Pasg. Soniodd ei fod o'n gwneud ei orau glas
ar y cwrs er mwyn cael lle mewn coleg milwrol.

Mwya sydyn, roedd Dad yn siarad efo Leni fel
tasan nhw'n hen lawia. Pwy fasa'n meddwl, yntê,
ac ystyried yr holl helynt fu rhwng y ddau?

CYNT   WEDYN

Roedd Dad mor brysur yn sgwrsio efo Leni, es i a
Rodric i brynu popcorn a mynd i mewn i'r sinema.
Hanner ffordd drwy'r ffilm mi sylweddolais rywbeth
ERCHYLL.

Os oedd Dad yn medru gweld y newid yng
nghymeriad hogyn drwg fel Leni Heath ar ôl iddo
fo fod mewn ysgol filwrol, yna doedd dim angen
dewin i weld sut y gallai hynny hefyd newid
dripsyn fel FI.

Dwi'n gweddïo bod Dad heb feddwl am hynny. Ond
ar hyn o bryd dwi'n poeni, achos ar ôl i ni wylio'r
ffilm roedd Dad ar ben ei ddigon, ac yn ei hwylia
gora ers amser MAITH.

<u>Dydd Llun</u>

Mae fy hunlle waetha wedi dod yn wir. Ar ôl treulio'r penwythnos cyfan yn ymchwilio i Ysgol Filwrol y Dryslwyn, cyhoeddodd Dad ei fod am drefnu i mi fynd ar gwrs yno.

Ond dyma'r peth gwaethaf oll: mae'r cwrs i "fyfyrwyr newydd" yn dechra yn ystod GWYLIAU'R HAF.

Mi fuodd Dad yn trio 'mherswadio i y basa hwn yn gyfle da i mi wella fy hun. Ond do'n i DDIM yn bwriadu treulio 'ngwylia haf mewn bŵt-camp milwrol.

Mi ddudis i wrth Dad na fyddwn i'n para DIWRNOD yno. I ddechra, mae pawb yn cael eu rhoi mewn grwpia oedran cymysg, a dydy hynny ddim yn syniad da.

Dw'in siŵr y basa'r hogia mawr yn pigo arna i'n syth.

Ond be ydw i wir yn poeni yn ei gylch o ydy sefyllfa'r stafelloedd molchi. Dw'in siŵr mai cawodydd agored sy yno, heb ddrysa, pawb yn molchi o flaen ei gilydd. Dim diolch!

Dwi angen fy mhreifatrwydd. Dwi ddim hyd yn oed yn defnyddio tai bach yr ysgol heblaw mewn argyfwng go iawn.

Mae 'na dŷ bach drws nesa i ambell ddosbarth yn yr ysgol, ond faswn i byth yn mynd i un o'r rheiny, achos fod pawb tu allan yn clywed popeth.

Yr unig ddewis arall ydy defnyddio tai bach y ffreutur, ond mae hi fel bedlam yn fanno bob amser. Yn ddiweddar cafodd rhywun y syniad o gael brwydr papur tŷ-bach gwlyb, a bellach mae hi fel mynd i faes y gad bob amser egwyl a chinio.

Fedra i ddim canolbwyntio mewn sefyllfa fel yna, felly mae'n rhaid i mi gadw'r cwbwl i mewn nes y bydda i wedi cyrraedd adra o'r ysgol.

Ond ers chydig ddyddia, mae'r sefyllfa wedi newid. Mae'r gofalwr wedi rhoi stwff-ogla-da newydd yn y tai bach.

Ac mi wnes i benderfynu dechra si mai camerâu diogelwch oedden nhw, i ddal pwy bynnag oedd yn taflu'r papur tŷ-bach gwlyb.

Mae'n rhaid 'mod i wedi deud wrth y bobl gywir, achos mae tai bach y ffreutur wedi bod fel y bedd byth ers hynny.

Falla 'mod i wedi llwyddo i roi stop ar helynt y tai bach yn yr ysgol, ond stori go wahanol fydd hi yn Ysgol Filwrol y Dryslwyn, dwi'n siŵr. A does 'na ddim GOBAITH CANERI y medra i gadw'r cwbwl i mewn drwy gydol yr haf.

Gan wybod nad oedd troi ar Dad, mi es i'n syth at Mam. Mi ddudis i wrthi nad ydw i isio mynd i rywle lle 'dach chi'n cael eich gorfodi i siafio'ch pen a gwneud ymarfer corff am 5 o'r gloch bob bora. Ro'n i'n gobeithio y basa hi'n cytuno efo fi ac yn cael gair bach yng nghlust Dad.

Ond dwi'n sylweddoli rŵan na cha i unrhyw
gefnogaeth gan Mam.

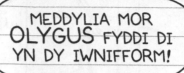

Dydd Mercher
Ro'n i mewn panig llwyr. Roedd yn rhaid i mi
berswadio Dad 'mod i'n ddigon dewr a chryf HEB
fynd i ysgol filwrol. Mi ddudis i wrtho fo y basa'n
well gen i ymuno efo'r Sgowtiaid.

Ac roedd Dad wrth ei fodd efo'r syniad, diolch byth.

Ond ar wahân i drio newid meddwl Dad am yr ysgol
filwrol, mae gen i resyma eraill dros ymuno efo'r
Sgowtiaid. Yn gyntaf, maen nhw'n cyfarfod ar
ddydd Sul – felly mi fedrwn roi'r gora i'r pêl-droed.

Ac yn ail, mae'n hen bryd i blant yr ysgol ddangos mwy o barch tuag ata i.

Mae 'na DDAU glwb Sgowtiaid yn lleol: Clwb Glasnant (yr agosa) a Chlwb Penallt (5 milltir i ffwrdd). Mae Clwb Penallt yn trefnu partïon yn aml, ac mae Clwb Glasnant yn cymryd rhan mewn projectau cymunedol ar y penwythnosau. Boi Clwb Penallt ydw i, yn sicr i ti.

Felly, rhaid i mi ofalu na fydd Dad yn dod i wybod am Glwb Glasnant, neu mi fydd o'n SIŴR o 'ngorfodi i ymuno efo nhw.

Heno, ro'n i yn y car efo Dad pan basion ni Sgowtiaid Clwb Glasnant yn casglu sbwriel yn y parc. Yn lwcus, mi lwyddais i dynnu sylw Dad jest mewn pryd.

Dydd Sul

Heddiw, mi es i 'nghyfarfod cyntaf o'r Sgowtiaid. Yn lwcus i mi, dwi wedi ymuno efo Clwb Penallt, ac mae Roli wedi ymuno hefyd. Mr Barrett ydi'r Sgowtfeistr. Roedd yn rhaid i Roli a fi adrodd y Llw Teyrngarwch a gwneud rhyw fân betha eraill, ac yna roeddan ni'n aelodau. Mi wnaeth Mr Barrett hyd yn oed roi iwnifform bob un i ni.

Roedd Roli wrth ei fodd gan ei fod o'n meddwl bod yr iwnifform yn cŵl. Ro'n i'n jest yn falch o gael crys glân o'r diwedd.

Ar ôl i ni wisgo'n dillad newydd, aethon ni at
weddill y criw a dechra meddwl pa fathodyn
teilyngdod roeddan ni am drio'i ennill. Maen nhw'n
rhoi'r rhain i aelodau am wneud pob math o dasga.
Aethon ni drwy'r llyfr bathodyna i weld pa un i'w
ddewis gynta.

Roedd Roli isio rhoi cynnig ar betha andros o
anodd – fel Goroesi yn y Gwyllt neu Ffitrwydd
Personol – ond mi lwyddais i'w ddarbwyllo fo,
diolch byth. "Be am ddechra efo rhwbath digon
hawdd, fel Naddu Pren?" medda fi.

Ond mae naddu pren yn llawer anoddach nag o'n i
wedi'i ddychmygu. Roedd hi'n cymryd HYDOEDD i
gerfio blocyn o bren i siâp arbennig, ac mi gafodd
Roli sblintar yn ei fys o fewn pum munud.

Felly mi aethon ni at Mr Barratt a gofyn oedd 'na
rwbath llai PERYGLUS y gallan ni ei drio.

Awgrymodd Mr Barratt y dylen ni roi cynnig ar
naddu sebon, os oedd naddu pren yn rhy anodd.
A dyna pryd sylweddolais i 'mod i wedi gwneud y
dewis cywir yn ymuno â Chlwb Penallt.

Dechreuais i a Roli gerfio'r sebon. Yn fuan iawn,
mi sylweddolais bod modd mowldio sebon gwlyb
yn siapia gwahanol efo'n dwylo. Felly doedd dim
angen y cyllyll naddu arnon ni o gwbl, dim ond
GWASGU'r sebon i siâp.

Dafad sebon oedd fy nghampwaith cyntaf, a derbyniodd Mr Barratt hi fel ymgais lwyddiannus.

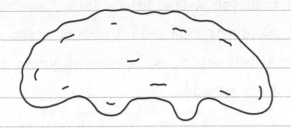

Wyddwn i ddim pa siâp i'w wneud nesa, felly mi drois y ddafad ben i waered ac ailgyflwyno'r sebon fel model o'r Titanic.

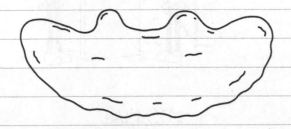

A chreda neu beidio, derbyniodd Mr Barratt HWNNW hefyd.

IE WIR,
Y TITANIC -
TRYCHINEB
FAWR!

Felly ges i a Roli ein bathodyna teilyngdod am
Naddu Pren, a'u gosod ar ein crysau. Roedd Dad
wrth ei fodd pan gyrhaeddais i adra. Taswn i'n
gwybod mai dyna'r cwbl oedd angen ei wneud i roi
gwên ar ei hen wep o, mi faswn wedi ymuno efo'r
Sgowtiaid ers misoedd.

MIS MAI

<u>Dydd Sul</u>
Cyhoeddodd Mr Barrett y dydd o'r blaen fod
Clwb Sgowtiaid Penallt yn mynd ar drip gwersylla
tad-a-mab dros y penwythnos, felly mi ofynnais i
Dad ddod efo fi. Ar ôl rhoi gwên ar ei wyneb efo'r
un bathodyn bach 'na, ro'n i'n meddwl y baswn i'n
bachu ar y cyfle i ddangos fy sgilia am benwythnos
CYFAN.

Ond pan ddeffrais i fora ddoe, ro'n i'n teimlo'n swp sâl. Fedrwn i ddim mynd, ond doedd gan Dad ddim dewis gan ei fod o wedi addo gyrru'r bws mini.

Yn y gwely fues i drwy'r dydd. Pam na faswn i wedi gallu bod yn sâl yn YSTOD yr wythnos? Chollais i 'run diwrnod o ysgol llynedd, a dwi wedi addo i mi fy hun na fydda i'n gadael i hynny ddigwydd BYTH eto.

TRYCHINEB oedd y trip gwersylla. Mi ganodd y ffôn am 10 o'r gloch neithiwr. Dad oedd yno, yn ffonio o uned ddamweinia'r ysbyty.

Roedd Dad wedi gorfod rhannu pabell efo dau frawd, Deiniol a Meirion Woodley, gan nad oedd eu tad nhw'n gallu mynd. Roedd y ddau'n cadw reiat yn y babell er bod Dad wedi deud wrthyn nhw ganwaith am fynd i gysgu. Wel, mi daflodd Deiniol bêl rygbi at Meirion a'i daro yn ei stumog.

Roedd Meirion yn gweiddi mewn poen, a Deiniol yn chwerthin fel ffŵl.

Wel, aeth Meirion yn hollol HONCO, brathu Deiniol yn ei ysgwydd, a gwrthod ei ollwng.

Ymhen hir a hwyr mi lwyddodd Dad i wahanu'r ddau, ond wedyn roedd yn rhaid iddo fo fynd â Deiniol i'r ysbyty.

Pan gyrhaeddodd Dad adra roedd o mewn hwylia gwael, ac yn gandryll efo FI am ei roi yn fath sefyllfa. Rhywsut, dwi ddim yn credu y bydd o'n gwirfoddoli i fynd ar antur efo Clwb Sgowtiaid Penallt eto'n fuan.

<u>Dydd Sul</u>
Roedd hi'n Sul y Mamau heddiw, a finna heb ddim byd i'w roi i Mam.

Ro'n i am ofyn i Dad fynd â fi i'r dre er mwyn i mi o leia brynu cerdyn iddi hi, ond dydy o ddim wedi maddau i mi eto. Mae'r gwersylla wedi cael effaith arno fo. Do'n i ddim yn meddwl y basa fo'n fodlon mynd o'i ffordd i'm helpu i.

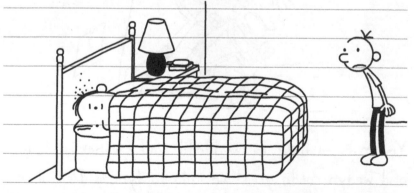

Felly, roedd yn rhaid i mi greu fy mhresant fy hun.

174

Llynedd, mi wnes i greu llyfr Tocynnau Anrheg iddi hi. Roedd modd iddi gyfnewid un tocyn bob tro roedd hi am i mi wneud tasg o gwmpas y tŷ. Ar y tocynna roedd pethau fel "Torri'r gwair" neu "Glanhau un ffenest".

Dwi'n rhoi llyfr Tocynnau Anrheg i Dad bob Sul y Tadau. Mae'n ffordd i mi, fel mab da, roi presant iddo fo a hynny heb wario ceiniog. Ac yn lwcus i mi, dydy Dad byth yn cofio defnyddio'r llyfr wedyn.

Mi ddefnyddiodd Mam BOB UN o'r tocynna gafodd HI'n bresant llynedd, felly do'n i ddim am wneud yr un camgymeriad eto eleni.

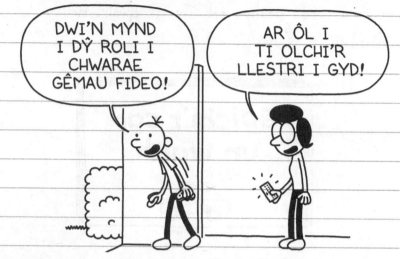

Mi wnes i drio meddwl am rywbeth i'w roi'n bresant i Mam heddiw, ond roedd amser yn brin. Felly mi wnes i esgus bod Mani a fi wedi tynnu llun efo'n gilydd.

<u>Dydd Llun</u>

Dwi'n meddwl mai'r ffordd ora i helpu Dad i anghofio am y trip gwersylla efo'r Sgowtiaid ydy i ni'n dau fynd ar ein hantur ein hunain. Felly, amser swper heno, mi ofynnais i Dad fasa fo'n lecio dod i wersylla efo fi.

Dwi wedi bod yn darllen y Canllaw i Sgowtiaid yn ofalus, ac am i Dad weld be dwi wedi'i ddysgu.

Doedd Dad ddim yn or-frwdfrydig, ond roedd Mam yn meddwl ei fod o'n syniad GWYCH. Mae hi'n meddwl y dylen ni fynd y penwythnos nesa, a mynd â Rodric efo ni hefyd. Mi fydd o'n brofiad gwerth chweil i ni'n tri gael "bondio" efo'n gilydd, medda hi.

Do'n i na Rodric ddim mor frwdfrydig ynghylch y syniad.

A deud y gwir, un o'r rhesyma pam 'mod i isio mynd allan o'r tŷ dros y penwythnos ydy fy mod i a Rodric yng nghanol ein ffrae ni'n hunain ar hyn o bryd.

Neithiwr, roedd Mam wrthi'n torri gwallt Rodric yn y gegin. Fel arfer, mae hi'n rhoi tywel dros ein gwar ni rhag i'r gwallt fynd dros ein dillad. Ond ddoe, yn lle tywel, roedd Mam wedi defnyddio hen ffrog roedd hi'n arfer ei gwisgo pan oedd hi'n disgwyl Mani. Pan welais i'r fath olwg ar Rodric, roedd y demtasiwn yn ormod.

Rhedais i fyny'r grisia a chloi fy hun yn y stafell molchi cyn i Rodric gael cyfle i 'nal i a dwyn y camera. Ac mi arhosais i yno tan 'mod i'n gwbl sicr ei fod o wedi mynd.

Ond mi lwyddodd Rodric i ddial arna i. Neithiwr mi ges i hunlle 'mod i'n cysgu ar wely o forgrug pigog, a'i fai o oedd hynny.

Dwi'n meddwl ein bod ni'n dau'n gyfartal rŵan. Ond, o nabod Rodric, nid dyna ddiwedd petha iddo fo. A dyna pam nad ydw i'n edrych 'mlaen at rannu pabell efo fo am benwythnos cyfan.

Dydd Sadwrn
Mi gychwynnodd y tri ohonon ni ar ein hantur fawr heddiw. Fi oedd wedi dewis y safle gwersylla lle roedd digonedd o weithgaredda i mi fedru dangos fy holl sgiliau amrywiol.

Ar ein ffordd i'r gwersyll, mi drodd yr awyr yn ddu a dechreuodd fwrw hen wragedd a ffyn.

Do'n i ddim yn poeni rhyw lawer – roedd y babell yn un sy'n dal dŵr, ac roeddan ni wedi pacio'n cotia glaw. Ond erbyn i ni gyrraedd y gwersyll roedd 'na chwe modfedd o law wedi disgyn a'r tir o dan ddŵr.

Roeddan ni'n rhy bell o adra i droi 'nôl, felly mi benderfynodd Dad y basa'n rhaid i ni chwilio am lety i aros y nos.

Ro'n i mor siomedig, achos holl bwrpas y trip oedd dangos fy sgilia gwersylla gwych i Dad, a rŵan roeddan ni'n chwilio am westy.

Llwyddodd Dad i ddod o hyd i le, efo stafell oedd â dau wely a soffa ynddi. Gwylion ni'r teledu am 'chydig cyn paratoi i glwydo am y nos.

Aeth Dad i lawr i'r dderbynfa i gwyno am y gwresogydd swnllyd, gan fy ngadael i ar fy mhen fy hun yn y stafell efo Rodric.

Pan ddois i allan o'r stafell molchi ar ôl bod yn llnau fy nannedd, roedd Rodric yn sbecian drwy dwll y clo. Rhewais yn fy unfan pan glywais i be ddudodd o nesa.

"Mae Heulwen Hills a'i theulu yn y cyntedd – maen nhw'n aros yn y stafell union GYFERBYN â ni."

Roedd yn rhaid i mi gael gweld efo fy llygaid fy hun. Felly mi wthiais Rodric o'r ffordd er mwyn cael sbecian drwy'r twll.

Doedd 'na neb yno. A chyn i mi sylweddoli mai tric oedd y cyfan, mi ges i hergwd gan Rodric nes 'mod i ar fy hyd ar lawr y coridor.

Aeth pethau'n WAETH. Clodd Rodric y drws a finnau yn y coridor yn fy nhrôns.

Er 'mod i'n dyrnu'r drws yn galed, wnâi Rodric mo'i agor o i mi.

Ro'n i'n gwneud cymaint o sŵn nes i rai o'r gwesteion eraill ddod allan i weld be oedd achos y fath dwrw. Felly mi redais i guddio rownd y gornel rhag i neb fy ngweld i. Fues i'n crwydro'r coridorau'n ddigyfeiriad am ryw chwarter awr, yn rhedeg i guddio bob tro y byddwn i'n clywed lleisiau.

Ro'n i wedi bwriadu mynd 'nôl i'n stafell ni ac ymbil ar Rodric i agor y drws, ond mi sylweddolais nad oedd gen i syniad pa RIF oedd hi. Ac roedd pob drws yn edrych yn union yr un fath.

Fedrwn i ddim mynd i lawr i'r dderbynfa. Yr unig ddewis arall oedd dod o hyd i Dad.

Cofiais yn sydyn be ydy gwendid Dad – bwyta sothach. Ro'n i'n gwybod y basa fo, yn hwyr neu'n hwyrach, yn mynd i chwilio am y peirianna bwyd, felly mi es i yno i aros amdano fo.

Mi wasgais rhwng y peiriant pop a'r peiriant fferins ac aros yn amyneddgar am hydoedd, ac o'r diwedd daeth Dad i'r golwg.

Ond ar ôl gweld yr olwg ar wyneb Dad pan welodd o fi, dwi'n difaru na faswn i wedi magu digon o blwc i fynd i'r dderbynfa.

<u>Dydd Sul</u>

Wel, ar ôl ein hantur, dwi bron yn sicr y bydd Dad yn fy ngyrru i Ysgol Filwrol y Dryslwyn. Does 'na ddim pwynt i mi drio newid ei feddwl o erbyn hyn.

Dim ond rhyw dair wythnos sy 'na cyn y bydda 'n cael fy hel yno, felly falla mai dyma 'nghyfle ola i drio creu argraff ar Heulwen Hills. Ac os llwydda i, mi fydd gen i atgofion melys i'w trysori drwy 'nghyfnod yn yr ysgol filwrol. Fydd petha ddim mor ddrwg wedyn.

185

Dwi 'di bod yn trio magu digon o blwc i siarad efo Heulwen ers amser maith. Does gen i ddim dewis – rŵan 'di'r amser.

Yn yr eglwys heddiw, mi wnes i'n siŵr ein bod ni'n eistedd yn agos at Heulwen a'i theulu. Roeddan ni ddwy res o'i blaen hi, oedd yn ddigon agos. Pan ddaeth hi'n amser i bawb droi i gyfarch ei gilydd, mi welais fy nghyfle.

Dim ond y cam cynta yn fy nghynllun oedd yr ysgwyd dwylo – byddai ail ran y cynllun yn dod yn nes 'mlaen. Ro'n i am ffonio Heulwen a sôn am yr ysgwyd dwylo.

(COCHI)

Amser swper heno, mi gyhoeddais 'mod i isio gwneud galwad ffôn bwysig, ac na ddylai unrhyw un ddefnyddio'r ffôn yn y cyfamser. Ond mae'n rhaid bod Rodric wedi synhwyro 'mod i isio ffonio rhyw hogan, achos mi guddiodd o bob ffôn yn y tŷ.

Roedd hynny'n golygu mai'r unig ffôn oedd ar gael oedd yr un yn y gegin. Ond do'n i DDIM yn bwriadu ei ddefnyddio o flaen pawb.

Mi ddudis i wrth Mam bod Rodric wedi cuddio pob ffôn. "Rho nhw i gyd yn ôl - RŴAN!" meddai hi wrtho fo.

Ymhen hir a hwyr, aeth Rodric i'w stafell a sleifiais inna i stafell Mam a Dad i wneud yr alwad. Diffoddais y gola rhag i Rodric wybod 'mod i yno, a chuddio o dan flanced ar lawr. Wedyn mi arhosais am ryw ugain munud i wneud yn siŵr nad oedd o wedi 'nilyn i.

Ond cyn i mi gael cyfle i ddeialu rhif Heulwen, daeth rhywun i'r stafell a rhoi'r gola 'mlaen. Ro'n i'n meddwl yn SIŴR mai Rodric oedd 'na.

Ond na. DAD oedd o.

Wnes i ddim symud modfedd, gan ddisgwyl i Dad
nôl be bynnag roedd o ei isio, a mynd.

Ond wnaeth o ddim. Mi aeth i'w wely a dechra
DARLLEN!

Mi ddylwn fod wedi datgelu 'mod i yno o'r eiliad
gynta un – roedd hi'n rhy hwyr rŵan. Taswn i'n
codi a cherdded allan mi allai achosi iddo fo gael ffit
farwol. Felly mi benderfynais sleifio o'r stafell yn ara
bach, bach.

Ro'n i'n symud rhyw fodfedd yr eiliad. Mi fyddwn yn
cymryd hanner awr i gyrraedd y drws, ond o leiaf
mi fasa gen i ddigon o amser i ffonio Heulwen.

Ro'n i bron â chyrraedd y drws pan ganodd y ffôn yn fy llaw gan roi ANDROS o fraw i mi.

Bu OND Y DIM i Dad gael hartan. Ac unwaith y daeth o ato'i hun, roedd ei wyneb o'n biws.

Mi ges i 'nhaflu o'r stafell gan Dad, a slamiodd y drws ar f'ôl i.

Mae hyn eto wedi rhoi mwy o straen ar fy mherthynas i efo Dad. Ond oes 'na bwynt trio erbyn hyn, beth bynnag?

<u>Dydd Mawrth</u>

Mae 'na ddau ddiwrnod wedi mynd heibio ers i mi
ysgwyd llaw efo Heulwen, a do'n i ddim isio aros
dim mwy cyn siarad efo hi eto.

Yn lwcus, doedd Dad na Rodric ddim adra heno,
felly ro'n i'n gwybod y baswn i'n cael llonydd i
wneud yr alwad ffôn. Mi fues i'n ymarfer dro ar ôl
tro be o'n i am ei ddeud wrthi, cyn magu digon o
blwc i godi'r ffôn.

Mi wnes i ddeialu rhif Heulwen, ac roedd o'n canu.
Ond yna'n sydyn mi gododd Mam y ffôn yn y gegin.

Mae gan Mam yr hen arfer CAS 'ma o ddeialu heb
wneud yn siŵr bod 'na neb arall yn defnyddio'r ffôn
ar y pryd. A dyna be wnaeth hi heno.

Fe driais ei rhybuddio hi, ond doedd dim pwynt.

Roedd y ffôn yn dal i ganu yn nhŷ Heulwen, ac yna mi atebodd rhywun. Mam Heulwen.

Roedd Mam wedi drysu'n llwyr, achos nid dyna'r rhif roedd hi wedi'i ddeialu. Roedd gen i ormod o ofn anadlu wrth ddisgwyl i'r alwad ddod i ben.

Parodd y dryswch rhwng Mam a Mrs Hills am sbel,
a'r ddwy'n ceisio dyfalu pwy oedd ar ben arall y lein.
Ond ar ôl datrys hynny, bu'r ddwy'n sgwrsio'n braf
fel tasa dim byd wedi digwydd.

Mi fuon nhw'n sgwrsio am y Gymdeithas Rhieni ac
Athrawon, a phetha felly. Roedd yn rhaid i mi
wrando, achos taswn i wedi diffodd y ffôn mi fasa
Mam yn gwybod bod 'na rywun arall yn gwrando.

Yna, mi ddecheuon nhw sôn amdana i.

Bryd hynny mi wnes i ddiffodd y ffôn a mynd i
'ngwely. Mae'n rhaid nad ydw i i fod i gael sgwrs
ffôn efo Heulwen, felly dwi'n rhoi'r ffidil yn y to yn
swyddogol.

Dydd Gwener

Yn yr ysgol heddiw mi ddigwyddais glywed Heulwen yn trefnu i gwrdd â rhai o'i ffrindia yn y ganolfan llafnrolio heno, ac mi fflachiodd syniad yn fy mhen.

Ar ôl yr ysgol mi ofynnais i Mam fasa hi'n fodlon mynd â fi i Rig-Ma-Rôl heno. "Iawn," medda hi, "ond fedra i mo dy nôl di oddi yno. Rhaid i ti drefnu lifft adra efo rhywun arall." Felly mi wnes i wahodd Roli.

Pan agorais y drws i Roli, ro'n i'n gwybod 'mod i wedi gwneud clamp o gamgymeriad.

Roedd gwallt Roli'n sticio i fyny fel draenog, ac roedd o wedi gwisgo fel Joshi, ei hoff ganwr pop.

194

Dwi'n meddwl bod Roli'n gwisgo colur hefyd, ond fedra i ddim bod yn gant y cant. Doedd gen i ddim amser i boeni am Roli, achos mi oedd gen i 'mhroblema fy HUN. Ro'n i wedi colli un o fy lensys llygaid, oedd yn golygu y basa'n rhaid i mi wisgo fy hen sbectol. Mae gwydra fel gwaelodion pot jam arnyn nhw, ac maen nhw'n gwneud i mi edrych yn WIRION BOST.

Os nad ydw i'n gwisgo lensys na sbectol, dwi'n ddall fel twrch daear. Mi ddylwn i fod yn ddiolchgar nad o'n i'n byw yn Oes y Cerrig, achos faswn i ddim wedi medru hela na dim byd felly. Mi fasa aeloda eraill y llwyth wedi rhedeg i ffwrdd oddi wrtha i ar y cyfle cyntaf.

FAMA
WELSOCH CHI'R MAMOTH GWYN, HOGIA?

BLINC BLINC

GWIB

GWIB

Mi faswn i 'di gorfod bod yn Ddyn Doeth y Pentre neu rwbath, er mwyn i bawb feddwl 'mod i'n werth fy nghadw.

Yn y car ar y ffordd i'r ganolfan llafnrolio heno, mi ddudis wrth Roli sut i fihafio taswn i'n llwyddo i dynnu sgwrs efo Heulwen Hills – o'i nabod o, mi allai ddifetha popeth i mi.

Biti na faswn i wedi aros i ni gyrraedd a mynd allan o'r car cyn deud gair, achos mi glywodd Mam ein sgwrs ni.

Pan gyrhaeddon ni Rig-Ma-Rôl, mi neidiais i allan o'r car cyn i Mam fedru deud GAIR arall nad o'n i isio'i glywed.

Mi dalodd Roli a fi, a mynd i mewn. Ar ôl hurio'r llafna aethon ni draw at y llawr rolio er mwyn i mi gael gweld yn iawn pwy oedd yno.

Roedd Heulwen yn eistedd wrth fwrdd yn y caffi. Roedd hi efo criw o'i ffrindia, felly do'n i ddim isio mynd ati hi'n syth i siarad.

Am 9 o'r gloch cyhoeddodd y DJ mai "Cân y Cyplau" fyddai'r un nesa. Roedd amryw o barau'n dechra gwneud eu ffordd i'r llawr, ond roedd Heulwen yn eistedd ar ei phen ei hun bach. Hwn oedd fy nghyfle mawr i.

Mi ddechreuais symud tuag ati, ond roedd aros ar fy nhraed yn dasg ANDROS o anodd. Ro'n i'n gorfod cydio yn y wal rhag ofn i mi syrthio.

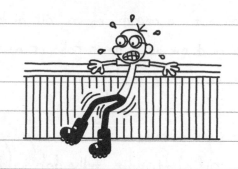

Ro'n i'n symud fel MALWEN, ac roedd peryg i'r gân orffen cyn i mi gyrraedd Heulwen. Felly eisteddais ar fy mhen-ôl ar lawr a llithro wysg fy nhin tuag ati er mwyn ei chyrraedd hi'n gynt.

SLEID
SLEID

Roedd sawl un jest â rhedeg drosta i, ond o'r diwedd mi gyrhaeddais y caffi.

Roedd Heulwen yn dal yno, ar ei phen ei hun.
Wrth frysio tuag ati mi sleidiais drwy bwll o
lemonêd ar lawr.

Wrth groesi llawr y caffi, ro'n i'n trio penderfynu
be i'w ddeud wrth Heulwen. Ro'n i'n sylweddoli nad
o'n i'n edrych yn cŵl iawn ar y pryd, felly mi
fyddai fy newis o eiria yn holl bwysig. Cyn i mi
gael cyfle i agor fy ngheg, mi ddudodd Heulwen
bedwar gair wnaeth i 'nghalon i suddo –

Mi driais esbonio mai Greg Heffley ydw i, yr un
sy'n enwog am ei jôc "Ci Ollyngodd o", ond mi
orffennodd Cân y Cyplau, ac mi ddaeth ffrindia
Heulwen draw i'w thynnu hi at y llawr rholio.

Mi es i'n ôl at Roli, ac aros yn yr arcêd gêma am weddill y nos. Oherwydd, coelia di fi, do'n i DDIM mewn hwylia i lafnrolio.

Mi ddylwn i fod wedi sylweddoli ers tro bod dim pwynt i mi wastraffu fy amser prin ar Heulwen. Os ydy hi'n meddwl mai FFREGLI ydw i, dydy hi ddim yn llawn llathen.

Dwi 'di cael LLOND BOL ar genod. Dwi jest â gofyn i Dad holi ydy Ysgol Filwrol y Dryslwyn yn derbyn pobl cyn gwyliau'r ha, achos does 'na ddim pwynt i mi aros yn fama bellach.

<u>Dydd Gwener</u>

Heddiw oedd diwrnod ola'r ysgol, a phawb heblaw fi
mewn hwylia da. Mae pawb ARALL yn edrych 'mlaen
at wylia haf llawn hwyl, ond y cwbl sy gen i o 'mlaen
ydy ymarfer corff a dysgu martsio.

Amser cinio, roedd pawb yn llofnodi blwyddlyfrau ei
gilydd, a phan ddaeth f'un in ôl, dyma oedd ar y
dudalen olaf –

Paid â bod yn ffŵl –
Bydd yn cŵl.

Slic

I ddechra, doedd gen i'm syniad pwy oedd "Slic",
ond wedyn mi sylweddolais mai Roli oedd o. Rai
dyddia 'nôl, roedd Roli'n sefyll yn ymyl locer
hogyn sy'n hŷn na ni, ac roedd yr hogyn 'ma isio
i Roli symud.

A dyma be ddudodd yr hogyn wrth Roli –

Ac mae'n siŵr bod Roli'n meddwl bod "Slic" yn llysenw da iddo fo'i hun. Dwi 'mond yn gobeithio nad ydy o'n disgwyl i MI ei alw fo'n "Slic".

Ffliciais yn sydyn drwy dudalennau'r blwyddlyfr i weld pwy arall oedd wedi llofnodi, ac mi wnaeth un achosi i 'nghalon roi naid. Un gan Heulwen Hills.

Yn gyntaf, roedd hi wedi sgwennu fy enw i'n gywir, felly mae hi'n gwybod yn iawn pwy ydw i ers nos Wener. Ac yn ail, roedd hi wedi sgwennu "C.M.C." ar y diwedd, ac mae pawb yn gwybod mai ystyr hynny ydy "Cadwa Mewn Cysylltiad". Wrth GWRS 'mod i am gadw mewn cysylltiad!

Greg,

Dwi ddim yn dy nabod di'n dda iawn, ond rwyt ti i weld yn hen hogyn iawn, am wn i.

C.M.C.
Heulwen

Mi ddangosais i'r neges i Roli. Ond wedyn mi ddangosodd y neges roedd hi wedi'i sgwennu yn ei flwyddlyfr O. A dyna roi pìn yn fy swigen i'n syth.

Annwyl Roli,

Rwyt ti mor hoffus a digri! Gobeithio y byddwn ni yn yr un dosbarth cofrestru y flwyddyn nesa. Ti mor ciwt!

Cariad
Heulwen

Pan gyrhaeddodd blwyddlyfr Heulwen ata i, mi ges i siawns i sgwennu neges yn ôl iddi. Dyma be sgwennais i –

Annwyl Heulwen,

Rwyt ti'n hogan neis a bob dim, ond fedrwn ni ddim bod yn fwy na ffrindia.

Oddi wrth

Dwi'n meddwl 'mod i wedi gwneud ANDROS o ffafr efo Roli. Dwim isio gwylio Heulwen Hills yn torri'i galon o'n fil o ddarna mân, achos – a bod yn onest – mae genod yn medru bod yn hen wrachod creulon weithia.

Dydd Sadwrn
Heddiw oedd unig ddiwrnod fy ngwylia haf, a finna'n gorfod ei dreulio ym mharti pen-blwydd-hanner-oed Seth Snich. Er i mi ymbil yn daer ar Mam am gael aros adra i fwynhau fy hun, mi ddudodd ein bod ni i gyd fel teulu yn mynd i'r parti.

Wnaeth Dad ddim trafferthu dadla efo Mam, achos roedd o'n gwybod nad oedd DIANC i fod.

Felly, am 1 o'r gloch, mi groeson ni'r stryd i dŷ'r Snichod.

Roedd y Snichod wedi mynd i drafferth mawr eleni. Roedd ganddyn nhw gastell bownsio a chlown oedd yn creu gwahanol anifeiliaid allan o falŵns ar gyfer y plant.

Roedd ganddyn nhw fand byw hefyd. Roedd Rodric wedi llyncu andros o ful – roedd ei fand, Clŵt Budur, wedi cynnig chwarae, ond roedd y Snichod wedi eu gwrthod nhw.

Ar ôl i bawb gael bwyd, am 3:30 mi ddechreuodd prif weithgaredd y pnawn.

Mi drefnodd Mr a Mrs Snich yr oedolion mewn rhes,
ac aeth pawb ati yn ei dro i roi cynnig ar wneud i
Seth chwerthin. Mr Henri oedd y cyntaf.

Mi sylwais fod Dad yn edrych yn nerfus iawn yng
nghefn y rhes. Es i nôl cacen oddi ar y bwrdd yn
ymyl lle roedd Dad yn sefyll. Mi drodd o ata i a
deud y basa fo mewn dyled ENFAWR i mi taswn i'n
gallu ei gael o allan o'r twll 'ma.

Ro'n i'n meddwl ei bod hi'n reit eironig bod Dad yn gofyn i MI am help, yn enwedig gan ei fod o'n bwriadu fy hel i i'r ysgol filwrol 'na fory. Felly mi adawais iddo fo stiwio.

Ond doedd hynny ddim yn golygu 'mod i isio gweld fy nhad fy hun yn ymddwyn fel babŵn o flaen ein cymdogion, chwaith. Mi benderfynais sleifio adra er mwyn osgoi'r cywilydd.

A dyna pryd y gwelais i Mani ar ben bwrdd y patio, yn tyrchu drwy bresanta Seth.

Roedd Mani wedi dod o hyd i'r presant roeddan NI wedi'i roi i Seth, ac roedd o wrthi'n rhwygo'r papur lapio. Pan welais i be oedd y presant, ro'n i'n gwybod y bydda'r byd ar ben.

Blanced las wedi'i gwau oedd o, yn union fel yr un oedd gan MANI pan oedd o'n fabi. Roedd hi'n amlwg bod Mani'n meddwl ei fod o wedi dod o hyd i Blinci newydd sbon.

Mi es i draw at Mani ac esbonio y basa'n rhaid iddo fo roi'r flanced yn ôl gan mai presant i'r babi oedd hi, nid iddo fo. Ond roedd Mani'n gwrthod ei gollwng hi.

Pan sylweddolodd Mani 'mod i'n mynd i gymryd y flanced oddi arno fo, mi drodd rownd yn sydyn a'i thaflu hi dros y ffens.

Glaniodd y flanced ar un o ganghenna'r goeden. Ro'n i'n gwbod bod yn rhaid i mi ei nôl cyn i Mam sylwi, felly mi neidiais dros y ffens a dechra dringo. Ond pan o'n i o fewn cyrraedd i'r flanced, mi lithrodd fy nhroed i gan fy ngadael yn hongian oddi ar y gangen fel mwnci. Mi driais dynnu fy hun yn ôl i fyny, ond doedd gen i mo'r nerth.

Mae'n siŵr y baswn i wedi llwyddo yn y pen draw, ond yr unig fwyd o'n i wedi'i gael drwy'r dydd oedd llond dwrn o rawnwin a'r eisin oddi ar un o'r cacenna bach, felly ro'n i'n rhy wan.

Mi waeddais i am help, ond mi fasa'n well taswn i 'di cau fy ngheg. Achos pan ddaeth pawb draw i weld be oedd yr holl dwrw, dyna pryd dechreuodd fy nhrowsus i syrthio i lawr.

Taswn i wedi bod yn gwisgo trowsus call, fasa hyn ddim wedi digwydd. Ond do'n i dal heb gael cyfle i olchi 'nhrowsus gora ar ôl cael siocled drosto fo, felly ro'n i wedi benthyg un o drowsusa RODRIC. Roedd hwnnw'n rhy fawr o lawer i mi – a dyna pam roedd o bellach rownd fy fferau.

Roedd hynny'n ddigon drwg, ond wedyn aeth pethau'n gan gwaith GWAETH. Ro'n i'n gwisgo'r trôns pinc Wonder Woman ges i gan Yncl Charlie!

Ymhen hir a hwyr, daeth Dad draw ata i i gynnig help llaw. Erbyn hynny roedd Mr Snich wedi llwyddo i recordio'r holl halibalŵ ar ei gamera fideo. Ac mae 'na rwbath yn deud wrtha i bod ganddo fo siawns go lew o ennill Prif Wobr y rhaglen "Teuluoedd Doniolaf Cymru" y tro 'ma.

Mi aeth Dad â fi'n syth adra, ac ro'n i'n meddwl y basa fo o'i GO efo fi. Ond mi ddigwyddodd yr helynt ar yr union adeg roedd Dad i fod i drio gwneud i Seth Snich chwerthin, felly ro'n i wedi achub ei groen o. A gwranda ar hyn: mae Dad yn meddwl 'mod i wedi mynd ati'n FWRIADOL i greu helynt er mwyn ei helpu o.

Do'n i ddim ar frys i'w gywiro fo, chwaith. Estynnais lond powlen o hufen iâ i mi fy hun, eistedd o flaen y teledu, a gwneud fy ngora i fwynhau'r unig ddiwrnod o wylia haf oedd gen i.

Pan ddeffrais i bora 'ma roedd hi'n 11:15. Do'n i ddim yn gallu dallt sut 'mod i'n dal yn fy ngwely, achos roedd Dad i fod yn mynd â fi i Ysgol Filwrol y Dryslwyn am 8 o'r gloch.

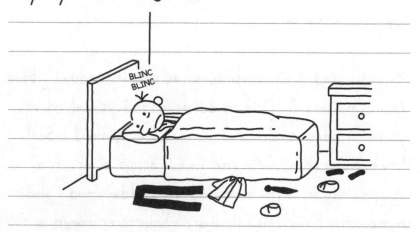

Felly i lawr y grisia â fi. Roedd Dad yn eistedd wrth fwrdd y gegin yn darllen y papur, a doedd ynta heb wisgo eto, chwaith.

212

Mi ddudodd Dad ei fod o wedi penderfynu nad oedd yr ysgol filwrol 'ma'n syniad mor dda erbyn hyn. Mi fedrwn i wneud ymarfer corff adra dan fy mhwysa fy hun dros yr ha. Bydda hynny llawn cystal â'r hyfforddiant yn Ysgol Filwrol y Dryslwyn, medda fo.

Allwn i ddim credu fy nghlustia. Mae'n debyg mai dyma oedd ffordd Dad o ddiolch i mi am ei gael o allan o sefyllfa go gyfyng ddoe.

Mi es i allan o'r tŷ ac anelu am dŷ Roli cyn i Dad gael cyfle i newid ei feddwl. Ac ar fy ffordd i fyny'r allt, mi sylweddolais fod fy ngwylia ha wedi dechra.

Mi gurais ar ddrws tŷ Roli, a phan ddaeth o i'w agor mi ddudis i wrtho fo nad o'n i'n gorfod mynd i Ysgol Filwrol y Dryslwyn WEDI'R CWBL.

Doedd gan Roli ddim clem am be o'n i'n siarad, sy'n profi mor anobeithiol ydy o weithiau.

Mi fuon ni'n chwara Dewin Dieflig 2 am sbel, ond wedyn mi gawson ni'n hel allan gan rieni Roli. Aethon ni i nôl lolipops o'r rhewgell ac eistedd ar y palmant i'w bwyta nhw.

A choeli di FYTH be ddigwyddodd wedyn. Cerddodd hogan ddiarth ddel yn syth aton ni a chyflwyno'i hun i ni.

Ei henw hi ydy Tanwen, ac mae hi newydd symud i fyw i'n stryd ni.

Edrychais i ar Roli, ac roedd yn gwbl amlwg ei fod o'n meddwl yn union yr fath â fi. Felly mi feddyliais am gynllun mewn llai na dwy eiliad.

Ond wedyn mi ges i syniad GWELL.

Mae teulu Rolin aeloda o glwb hamdden, ac mae ganddo fo hawl i fynd â dau westai efo fo i'r pwll nofio bob dydd.

Felly mi allai'r gwylia 'ma fod yn grêt wedi'r cwbl.

Mae petha'n dechra gwella i mi o'r diwedd, ac mae'n hen bryd i hynny ddigwydd. Dwim yn nabod unrhyw un sy'n cael bywyd mor galed â fi, a dwim yn dallt pam, achos fi ydy un o'r bobl glenia dwi'n ei nabod.

Ac er 'mod i'n gwybod bod cael diweddglo hapus yn beth cawslyd dros ben, does 'na ddim tudalenna gwag ar ôl yn y dyddlyfr 'ma beth bynnag. Felly, dyma ni –

Y
DIWEDD

DIOLCHIADAU

Rwy'n hynod o ddiolchgar i fy nheulu am roi'r ysbrydoliaeth, yr anogaeth a'r gefnogaeth i mi greu'r llyfrau yma. Hoffwn ddiolch yn fawr i fy mrodyr Scott a Pat; fy chwaer, Re; fy mam a fy nhad. Hebddoch chi, fyddai yna ddim Heffleys. Diolch i fy ngwraig, Julie a fy mhlant, sydd wedi aberthu gymaint er mwyn i fy mreuddwyd o fod yn gartwnydd gael ei wireddu. Diolch hefyd i'm rhieni-yng-nghyfraith, Tom a Gail, sydd wedi bod ar gael i gynnig help llaw yn ystod pob dedlein.

Diolch i bobl wych Abrams, yn enwedig Charlie Kochman, golygydd tu hwnt o ymroddedig a pherson rhyfeddol; hefyd i'r rhai hynny yn Abrams rydw i wedi gweithio â hwy agosaf: Jason Wells, Howard Reeves, Susan Van Metre, Chad Beckerman, Samara Klein, Valerie Ralph, and Scott Auerbach. Diolch yn arbennig i Michael Jacobs.

Diolch i Jess Brallier am ddod â Greg Heffley i fyd Funbrain.com. Diolch i Betsy Bird (Fuse #8) am ledaenu'r gair am *Diary of a Wimpy Kid*. Yn olaf, diolch i Dee Sockol-Frye, ac i lyfrwerthwyr ar hyd a lled y byd am roi'r llyfrau yn nwylo plant.

MWY AM YR AWDUR

Mae Jeff Kinney yn ddatblygwr a dylunydd gêmau ar-lein. Mae ei lyfrau'n rhif 1 ar restr gwerthwyr gorau y *New York Times* ac enwyd ef ymysg 100 Person Mwyaf Dylanwadol y Byd yng nghylchgrawn *Time*. Fe'i magwyd yn ardal Washington D. C. a symudodd i New England yn 1995. Mae'n byw yn ne Massachusetts gyda'i wraig a'u dau o feibion.